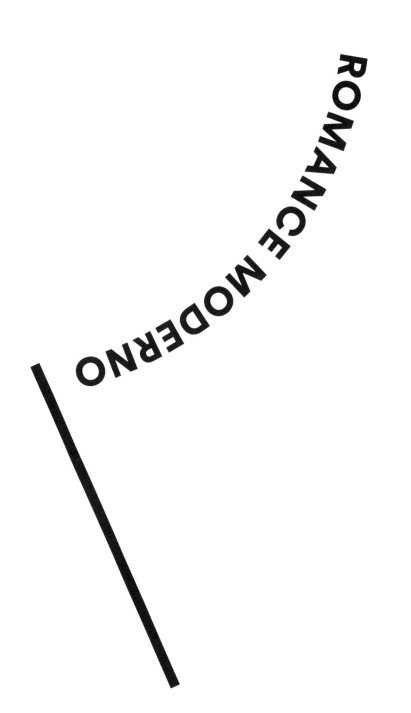

ROMANCE MODERNO

O SUPERMACHO
O SUPERMACHO
O SUPERMACHO
O SUPERMACHO
O SUPERMACHO
O SUPERMACHO
O SUPERMACHO
O SUPERMACHO
O SUPERMACHO
O SUPERMACHO
O SUPERMACHO
O SUPERMACHO
O SUPERMACHO
O SUPERMACHO

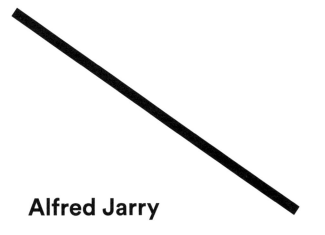

Alfred Jarry

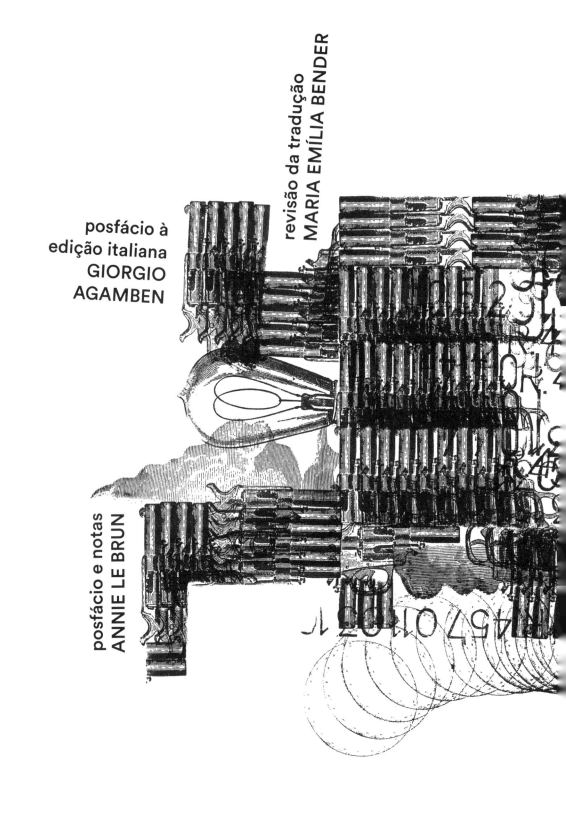

posfácio à
edição italiana
GIORGIO
AGAMBEN

revisão da tradução
MARIA EMÍLIA BENDER

posfácio e notas
ANNIE LE BRUN

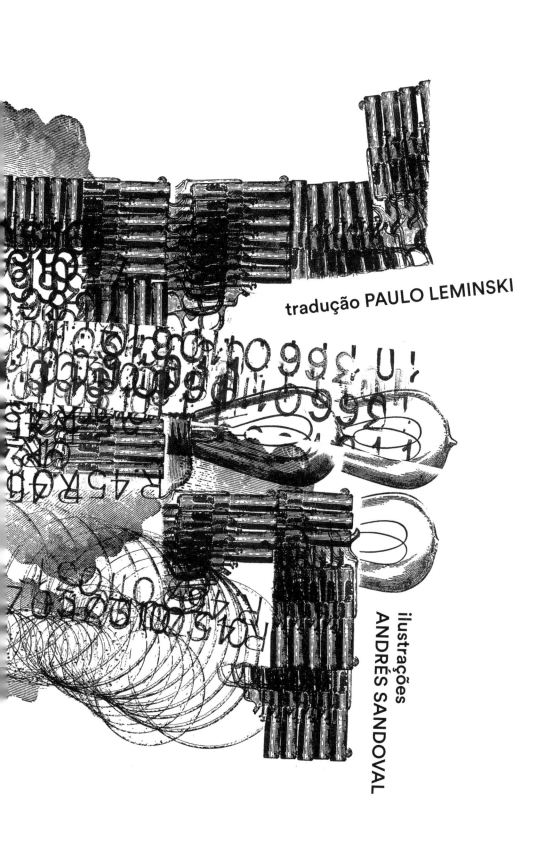

tradução PAULO LEMINSKI

ilustrações ANDRÉS SANDOVAL

1
1
1
1
Quem dá mais? 9
            2
            2
            2
            2
            O coração nem à esquerda nem à direita
3
3
3
                                        27
É uma fêmea, mas é demais
            4
33   4
            4   51
            4
            4
            Um fiapo de mulher
                        5
                        5
                        5 61
            A corrida das Dez Mil Milhas
    6
    6
    6
    6   85
    O álibi
        7
        7
        7   93
        Só as damas
    8
    8
    8
    8   103
    O óvulo

9
9
9
9
9
O Indiano tão celebrado por Teofrasto

109

10
10
10
Quem é você, ser humano?

119

11
11
11
E mais **121**

12
12
12
12
12
Ó belo rouxinol **125**

13
13
13
13
A descoberta da Mulher **137**

14
14
14
A máquina amorosa

147

157
PAULO LEMINSKI
Jarry, supermoderno
160
ANNIE LE BRUN
Alfred Jarry ou a reinvenção do amor
169
GIORGIO AGAMBEN
A divindade do riso

"Fazer amor é um ato sem importância, já que se pode repeti-lo indefinidamente."

Todos voltaram os olhos para aquele que proferia semelhante absurdo.

Naquela noite, os convidados de André Marcueil no castelo de Lurance acabaram falando sobre o amor, um assunto que todos concordavam ser o mais bem escolhido, sobretudo porque havia senhoras, e o mais apropriado para evitar, mesmo nesse setembro de 1920, penosas discussões sobre o Caso.[1]

Lá estavam o célebre químico americano William Elson, viúvo, acompanhado de sua filha Ellen; o riquíssimo engenheiro, eletricista, construtor de automóveis e aviões Arthur Gough e sua mulher; o general Sider; Saint-Jurieu, o senador, e a baronesa Pusice-Euprépie de Saint-Jurieu; o cardeal Romuald; a atriz Henriette Cyne; o dr. Bathybius e outros.

Tais personalidades diversas e notáveis poderiam ter trazido algum frescor ao lugar-comum sem esforço para atingir o pa-

---

[1] Referência ao Caso Dreyfus, que dividiu a França por doze anos, de 1894 a 1906. Quando Jarry escreve o livro, em 1902, ele supõe que o *Affaire* continuará em pauta em 1920. [A partir de nota de Annie Le Brun] (Obs.: as traduções do latim são em geral do tradutor; as demais notas, salvo indicação contrária, são dos editores.)

radoxo, bastaria que cada uma expressasse seu pensamento; a prática social, porém, logo reduziu os bons propósitos dessas pessoas, bem-pensantes e ilustres, à insignificância polida de uma conversação mundana.

A frase inesperada talvez provocasse o mesmo efeito que aquele, até hoje mal analisado, de uma pedra atirada num charco cheio de rãs – depois de um ligeiro desconforto, um interesse generalizado.

Ela poderia, antes de mais nada, produzir um outro resultado: sorrisos. Mas por infelicidade quem a pronunciara fora o anfitrião.

O rosto de André Marcueil, bem como seu aforismo, abriu um vazio no salão: não por sua singularidade, mas – se é que estas duas palavras podem vir juntas – por sua insignificância característica: tão pálido quanto o peitilho da camisa, ele teria se confundido com os painéis de madeira das paredes, pouco iluminados e sem o debrum nanquim da barba que ele portava como um colarinho, e de seus cabelos levemente compridos e ondulados a ferro, sem dúvida para esconder uma calvície incipiente. Os olhos eram provavelmente negros, mas com certeza fracos, pois se abrigavam por trás das lentes fumês de um pincenê de ouro. Marcueil tinha trinta anos e uma estatura média, que ele parecia gostar de diminuir ainda mais ao encurvar os ombros. Os pulsos, finos e tão peludos que lembravam à perfeição seus esguios tornozelos embainhados em seda preta – pulsos e tornozelos evocando em toda a sua pessoa uma fragilidade notável, pelo menos a julgar por aquilo que se via. Falava baixinho e devagar, como que preocupado em controlar a respiração. Se possuísse uma licença de caça, sem dúvida se leria na descrição física: queixo arredondado, rosto oval, nariz comum, boca comum, compleição comum... Marcueil encarnava tão bem o tipo do homem comum que, na verdade, isso o tornava extraordinário.

A frase se revestia de uma ironia deplorável, sussurrada como um sopro pela boca desse manequim: Marcueil certamente não sabia o que dizia, pois dele nunca se ouvira falar que tivesse amante, e supunha-se que seu estado de saúde lhe proibisse os prazeres do amor.

Fez-se um silêncio glacial, e alguém se apressou a mudar de assunto, quando Marcueil retomou: "Falo sério, senhores".

"Eu imaginava", murmurou a nada jovem Pusice-Euprépie de Saint-Jurieu, "que o amor fosse um sentimento."

"Talvez, senhora", disse Marcueil. "Basta entrarmos num acordo... sobre... o que se entende... por sentimento."

"É uma impressão da alma", apressou-se em dizer o cardeal.

"Li alguma coisa sobre isso nos filósofos espiritualistas na minha infância", acrescentou o senador.

"Uma sensação enfraquecida", disse Bathybius. "Viva os associacionistas ingleses!"

"Minha opinião quase coincide com a do doutor", disse Marcueil. "Um ato atenuado, provavelmente, isto é, não bem um ato, ou melhor: um ato em potencial."

"Admitindo-se essa definição", disse Saint-Jurieu, "o ato realizado excluiria o amor?"

Henriette Cyne bocejou, ostensivamente.

"Claro que não", disse Marcueil.

As senhoras julgaram que deveriam se preparar para corar atrás de seus leques, ou para fingir que iam corar.

"Claro que não", ele concluiu, "se ao ato realizado suceder um outro que resguarde aquilo que... de sentimental só acontecerá mais tarde."

Desta vez, muitos não contiveram um sorriso. O anfitrião evidentemente lhes dava toda a liberdade para tanto, divertindo-se com o desenrolar de um paradoxo.

É fato muitas vezes observado que os seres mais fracos são aqueles que mais se dedicam – em imaginação – a proezas físicas.

Somente o doutor objetou, com sangue-frio: "Mas a repetição de um ato vital leva à morte dos tecidos, ou à intoxicação deles, que chamamos fadiga."

"A repetição produz o hábito e a habi... lidade", retorquiu com a mesma gravidade Marcueil.

"Viva o treinamento!", disse Arthur Gough.

"O mitridatismo",[2] disse o químico.

"O exercício", disse o general.

E Henriette Cyne gracejou:

"Ombro... arma! Um, dois, três."

"É isso mesmo, senhora", concluiu Marcueil, "se concordar em seguir contando até que se esgote a série infinita dos números."

"Ou, para resumir, as forças humanas", disse com seu lindo sotaque ciciante Mrs. Arabella Gough.

"As forças humanas não têm limites, senhora", afirmou tranquilamente André Marcueil.

Ninguém sorria mais, apesar da oportunidade que o orador lhes oferecia: a evocação de tal teorema dava a entender que Marcueil queria chegar a algum ponto. Porém a qual? Sua expressão não dava a entender que ele poderia se aventurar pelo perigoso caminho dos exemplos pessoais.

Mas a expectativa foi frustrada: ele ficou por ali, como se tivesse encerrado peremptoriamente a discussão com uma verdade universal.

Foi de novo o doutor que, irritado, rompeu o silêncio: "Quer dizer então que há órgãos que trabalham e repousam quase simultaneamente e dão a ilusão de não parar nunca?..."

"O coração, vamos continuar no plano sentimental", disse William Elson.

[2] Mitridatismo: imunidade a um dado veneno, desenvolvida pela ingestão gradativa de quantidades cada vez maiores desse mesmo veneno. [N.T.]

"... a não ser com a morte", concluiu Bathybius.

"Isso basta para dar a ideia de um labor infinito", observou Marcueil. "O número de diástoles e sístoles de uma vida humana, ou mesmo de um só dia, ultrapassa todas as cifras imagináveis."

"Mas o coração é um sistema de músculos muito simples", o doutor corrigiu.

"Meus motores param se o combustível acaba", disse Arthur Gough.

"É possível conceber", arriscou o químico, "um combustível do motor humano que retardaria indefinidamente, reparando-o sempre, a fadiga muscular e nervosa. Criei, faz algum tempo, alguma coisa desse tipo..."

"De novo", disse o doutor, "seu *Perpetual Motion Food*! O senhor vive falando nisso e nunca nos mostrou. Acho que deveria enviar um pouco dele a nosso amigo..."

"É o quê?", perguntou Marcueil. "O senhor esquece, meu caro, que dentre as minhas enfermidades está a de não entender inglês."

"O *Alimento do Moto Perpétuo*", traduziu o químico.

"Nome fascinante", disse Bathybius. "O que acha, sr. Marcueil?"

"O senhor sabe muito bem que não tomo remédios nunca... embora meu melhor amigo seja médico", apressou-se em dizer, inclinando-se diante de Bathybius.

"Ele faz questão de lembrar que não sabe nada nem quer saber coisa alguma, e que é anêmico, esse animal", grunhiu o doutor.

"É uma química bem pouco necessária, acredito", continuou Marcueil, voltando-se para William Elson. "Sistemas de músculos e nervos complexos desfrutam de um repouso absoluto, me parece, enquanto seu *simétrico* trabalha. Quem não sabe que a perna do ciclista repousa e até se beneficia de uma massagem automática, e tão reparadora quanto qualquer massagem a óleo, enquanto a outra age..."

"Ei! Onde foi que o senhor aprendeu isso?", disse Bathybius. "O senhor não anda de bicicleta... ou anda?"

"Exercícios físicos não me fazem bem, meu amigo, não sou lépido o bastante", disse Marcueil.

"Bem, seria apenas um *parti pris*", murmurou o doutor. "Não saber nada, nem sobre o aspecto físico nem sobre o moral... Mas por quê? É bem verdade que ele tem uma aparência abatida."

"O senhor poderia julgar os efeitos do *Perpetual Motion Food* sem se expor ao incômodo de precisar tomá-lo, permanecendo um mero espectador de performances físicas", disse William Elson a Marcueil. "Depois de amanhã vai haver uma corrida de bicicleta, durante a qual uma equipe de ciclistas vai se alimentar exclusivamente dele. Se o senhor não se aborrece de me dar a honra de assistirmos à chegada..."

"Contra o que corre essa equipe?", perguntou Marcueil.

"Contra um trem", disse Arthur Gough. "E me permito supor que minha locomotiva atingirá velocidades sequer sonhadas até hoje."

"Ah... E qual a distância?", perguntou Marcueil.

"Dez mil milhas", falou Arthur Gough.

"São 16093 quilômetros e duzentos metros", William Elson explicou.

"É a mesma coisa, isso não quer dizer nada", constatou Henriette.

"É maior que a distância entre Paris e o mar do Japão", Arthur Gough disse. "Como não temos, de Paris a Vladivostok, o ponto exato de nossas dez mil milhas, vamos dar uma volta quando chegarmos a dois terços do trajeto, entre Irkutsk e Stryensk."

"Isso mesmo", disse Marcueil, "pelo menos assim assistiremos à chegada a Paris, que é o que importa. Depois de quanto tempo?"

"Estamos prevendo cinco dias de percurso", respondeu Arthur Gough.

"É bastante", observou Marcueil.

O químico e o mecânico reprimiram um dar de ombros diante dessa observação, que revelava a completa incompetência do interlocutor.

Marcueil se corrigiu: "Quero dizer que seria mais interessante acompanhar a corrida do que esperar a chegada."

"Estamos levando dois vagões-dormitório", falou William Elson. "A seu dispor. Além dos mecânicos, não há outros passageiros, a não ser minha filha, eu mesmo e Gough."

"Minha mulher não vai", acrescentou Gough. "É muito nervosa."

"Não sei ao certo se também sou nervoso", disse Marcueil. "Mas sei muito bem que sempre enjoo quando viajo de trem, e morro de medo de acidentes. Na falta de minha sedentária pessoa, que meus votos de felicidade acompanhem os senhores."

"Mas o senhor pelo menos vai assistir à chegada?", insistiu Elson.

"*Pelo menos* a chegada, eu frisaria", concordou Marcueil, escandindo suas palavras de maneira engraçada.

"O que é esse seu tal de *Motion Food*?", perguntou Bathybius ao químico.

"O senhor bem sabe que não posso lhe dizer... a não ser que é à base de estricnina e álcool", Elson respondeu.

"A estricnina, em altas doses, é um tônico, isso todo mundo sabe. Mas e o álcool? Para preparar os corredores? O senhor deve estar brincando, longe de mim morder a isca de suas teorias", exclamou o doutor.

"Nós nos afastamos do coração, me parece", dizia Mrs. Gough, nesse meio-tempo.

"Voltemos, senhores", replicou André Marcueil com sua voz branca, sem impertinência aparente.

"As forças amorosas humanas são infinitas, sem dúvida", retomou Mrs. Gough. "Mas, como dizia um desses senhores, há um momento, é preciso entender – assim, seria interessante saber a

que ponto de... da série indefinida dos números o sexo masculino coloca o infinito."

"Li que Catão, o Antigo, o elevava a dois", brincou Saint-Jurieu. "Mas era uma vez no inverno e uma vez no verão."

"Ele tinha sessenta anos, meu caro, não se esqueça disso", observou sua mulher.

"É muito", murmurou o general, aturdido, sem que se pudesse saber em qual dos dois números pensava.

"Nos *Trabalhos de Hércules*", disse a atriz, "o rei Lísios propõe ao herói suas trinta filhas virgens para uma mesma noite, e canta, na melodia de Claude Terrasse:[3] *Trinta, para você, o que significa? Apenas um jogo / Eu é que me desculpo de te oferecer tão pouco.*"

"É o que se canta", disse Mrs. Gough.

"Logo, não vale a pena...", disse Saint-Jurieu.

"... ser *feito*", interrompeu André Marcueil. "Além disso, alguém tem certeza de que o número de vezes seja *somente* trinta?"

"Se minhas lembranças clássicas são exatas", disse o doutor, "os autores dos *Trabalhos de Hércules* humanizaram um pouco a mitologia: creio que se lê em Diodoro da Sicília:[4] *Herculem una nocte quinquaginta virgines mulieres reddidisse.*"[5]

"Isso significa...", perguntou Henriette.

"Cinquenta virgens", explicou o senador.

"Este mesmo Diodoro, meu caro doutor", disse Marcueil, "menciona certo Proculus."

"Sim", disse Bathybius, "o homem a quem confiaram a guarda de cem virgens sármatas e que, para as *constuprar*, diz o texto, não precisou de mais do que quinze dias."

"É no *Tratado da vaidade da ciência,* capitulo três", confirmou Marcueil. "Mas quinze dias! Por que não com três meses de data de validade?"

"*As mil e uma noites*", citou por sua vez William Elson, "narram

---

3 3 3 3 3 3 3
O compositor francês Claude Terrasse musicou a peça *Ubu rei*, de Alfred Jarry, quando então se tornou conhecido.

4 4 4
Algumas edições críticas ressaltaram que as referências a nomes e textos antigos – inúmeras ao longo do texto – foram extraídas de *O terceiro livro dos fatos e ditos heroicos do bom Pantagruel*, de Rabelais. Jarry por vezes as distorceu, errando deliberadamente ou optando por aproximações. [A partir de nota de Le Brun]

5 5 5
"Numa noite, Hércules transformou cinquenta virgens em mulheres."

que o terceiro *saaluk,* filho do rei, possuiu quarenta vezes cada uma, em quarenta noites, quarenta adolescentes."

"Isso é imaginação oriental", Arthur Gough sentiu-se no dever de elucidar.

"Outro artigo do Oriente que não é artigo de fé, embora registrado em livro sagrado", disse Saint-Jurieu: "Maomé, em seu Corão, se gaba de reunir em sua pessoa o vigor de sessenta homens."

"Isso não quer dizer que ele pudesse fazer amor sessenta vezes", observou espirituosamente a mulher do senador.

"Alguém dá mais?", disse o general. "Estaríamos jogando manilha?[6] E este jogo aqui é menos sério. Eu passo."

Foi um grito: "Oh! General!"

"Quando o senhor esteve na África?", Henriette Cyne lhe sussurrou insidiosamente sob a barbicha.

"Na África?", disse o general. "É diferente. Mas nunca estive lá durante a guerra. Pode ser que tenha havido estupros, uma ou duas vezes, durante a guerra…"

"Uma ou duas vezes? É um número, aliás, dois números, seja mais exato", disse Saint-Jurieu.

"Modo de dizer! Prossigo", retomou o general. "Então, só estive na África em tempo de paz; e qual é o dever de um militar francês no estrangeiro em tempo de paz? Comportar-se como um selvagem ou levar a civilização e o que ela tem de mais sedutor, a galanteria francesa? Dessa forma, quando as mulheres da Argélia sabem da chegada de nossos oficiais, isso os transforma em árabes brutais que não conhecem as boas maneiras, e elas exclamam: 'Ah! Aí estão os franceses, eles vão…'"

"General, tenho uma filha jovem", disse com alguma severidade, e bem a tempo, William Elson.

"Mas me parece", disse o general, "que nossa conversa até agora, com todos esses números…"

---

[6] Manilha é um jogo de cartas em que, como no bridge, os jogadores anunciam previamente quantos pontos pretendem fazer.

"Estão falando de negócios, senhores?", quis saber com admirável ingenuidade a jovem americana.

William Elson fez sinal para Ellen se afastar e ficar fora da conversa.

"Deveríamos começar consultando o doutor, senhoras", observou Mrs. Gough, "em vez de ter a paciência de ficar escutando esses tecnicismos safados."

"Examinei em Bicêtre",[7] disse Bathybius, "um idiota – epilético, ainda por cima – que se entregou a vida inteira, que dura até hoje, a atos sexuais, quase sem interrupção. Mas... solitariamente, o que explica muita coisa."

"Que horror!", exclamaram várias mulheres.

"Para mim, a excitação cerebral explica tudo", continuou o doutor.

"Então, são as mulheres que interrompem essa excitação dos senhores?", perguntou Henriette.

"Eu avisei que se tratava de um débil mental, senhora."

"Mas... o senhor falava das suas... capacidades cerebrais! Bem, ele não era tão idiota", disse Henriette.

"Além do mais, não é o cérebro, é a medula que é o centro desse tipo de emoções", Bathybius retomou.

"Ele tinha uma medula de gênio", disse Marcueil.

"Mas... como não estamos em Bicêtre... E fora de Bicêtre?", perguntou Mrs. Gough.

"Para os médicos, as forças humanas são de nove ou de doze, no máximo, em vinte e quatro horas, e excepcionalmente", Bathybius sentenciou.

"Ao apóstolo das forças humanas ilimitadas cabe agora responder à ciência humana", disse William Elson ao anfitrião, não sem uma ironia amigável.

"Lamento", disse André Marcueil, num silêncio feito de todas as curiosidades um pouco zombeteiras, "lamento não poder acomodar,

[7] Bicêtre: hospital psiquiátrico em Paris.

sem falsificá-la, minha convicção à opinião mundana e científica; os sábios, os senhores sabem, têm a mesma opinião dos selvagens do centro da África, que, para expressar os números superiores a cinco – seja seis ou mil –, agitam os dez dedos dizendo: 'Muito, muito'. Mas estou convencido realmente de que é... *apenas um jogo*... não somente deflorar as trinta ou cinquenta filhas virgens do rei Lísios, mas bater o recorde do Indiano[8] 'tão celebrado por Teofrasto, Plínio e Ateneu', o qual, cita Rabelais a partir desses autores, 'com o auxílio de uma certa erva, dava setenta num dia, ou mais'."

"Setenta... Com essa, a gente se senta", grunhiu o general, *expert* em trocadilhos.

"*Septuageno coitu durasse libidinem contactu herbae cujusdam*",[9] citou Bathybius para interrompê-lo. "Creio que é essa a frase de Plínio, extraída de Teofrasto."

"O autor dos *Caracteres*?", perguntou Saint-Jurieu.

"Nada disso!", disse o doutor, "o autor da *História das plantas* e das *Causas das plantas*."

"Teofrasto de Eressos", disse Marcueil, "no capítulo vinte do livro IX da *História das plantas*."

"'Com a ajuda de uma certa erva?'", meditava o químico Elson.

"*Herbae cujusdam*", pontificou Bathybius, "*cujus nomen genusque non posuit*.[10] Mas Plínio, livro III, capítulo XXVIII, infere que se trataria da medula dos ramos do titímalo."

"Eis até onde avançamos", disse Mrs. Gough. "Está mais confuso que apenas escrever: uma certa erva."

"É mais agradável acreditar", disse Marcueil, "que a tal *certa erva* foi acrescentada por um copista de compleição tímida, a fim de proteger o espírito dos leitores contra um estupor que teria sido muito agudo."

"Com ou sem erva... em um dia? Quer dizer, um só dia, um único, na vida de um homem?", se perguntou a sra. de Saint-Jurieu.

---

[8] Em francês, a palavra *indien* se refere tanto a indiano como a índio.

[9] "Com o contato de cuja erva a libido durasse por setenta coitos."

[10] "Uma certa erva cujo nome e família não especificou."

"O que se faz num dia, pode-se, por mais razões, fazê-lo todos os dias", disse Marcueil, "... o costume... Mas se esse homem era muito excepcional, é de fato possível que ele tenha acabado por se confinar ao efêmero... Pode-se ainda supor que ele ocupava seu tempo da mesma maneira todos os dias e que só admitiu espectadores uma vez."

"Um índio?", meditava Henriette Cyne. "Um homem vermelho com um tacape e escalpos, como em Fenimore Cooper?"[11]

"Não, minha criança", disse Marcueil, "não confunda índio com indiano, mas o país não importa. Faço minha sua opinião, esta frase de Rabelais soa com majestade: 'O Indiano tão celebrado por Teofrasto', e seria lamentável que não se tratasse de um verdadeiro índio, sioux ou comanche, para que se realizasse esse seu *décor* imaginário."

"Um hindu?", o doutor deixou escapar. "De fato, se a inverossimilhança não fosse tão flagrante... A Índia é o país dos afrodisíacos."

"O capítulo XX do livro IX de Teofrasto de Eressos é, com efeito, consagrado aos afrodisíacos", disse Marcueil. "Mas repito aos senhores", e ele se animava um pouco e os olhos brilhavam sob suas lentes, "que acredito que nem a droga nem a pátria têm importância, e que haveria ainda mais razões para que um homem branco... Mas", acrescentou, quase à parte, "num homem de terras singulares julgar-se-ia a proeza menos singular, menos incrível... pois *parece* ser uma proeza!... De qualquer forma, *o que um homem fez, um outro pode fazer.*"

"O senhor sabe quem foi o primeiro que disse isso que o senhor está ruminando aí?", interrompeu Mrs. Gough, que tinha lá suas leituras.

"Isso que..."

"Justamente, sua frase: 'O que um homem fez...'",

[11] Escritor americano dos primórdios do século XIX, autor de *O último dos moicanos.*

"Ah! sim, mas eu não pensava mais nisso. Isso está escrito... Nossa", disse Marcueil, "nas *Aventuras do barão de Munchausen*."

"Esse alemão eu não conheço", disse o general.

"Um coronel, general", soprou Mrs. Gough, "um coronel dos hussardos vermelhos... em francês, Monsieur de Crac."

"Entendi: histórias de caça", o general disse.

"Em verdade, meu amigo", disse a Marcueil a sra. de Saint-Jurieu, "era impossível insinuar mais espirituosamente que o recorde do Indiano só seria batido por... vejamos... esse outro pele-vermelha, um hussardo... vermelho... com bastante imaginação!"

"É exatamente a esse ponto", acrescentou Henriette Cyne, "que os senhores querem chegar e... para ele nos fizeram navegar! Os senhores encerraram os lances com muita habilidade jogando como..."

"Quem faz as maiores ofertas; prossiga", disse Saint-Jurieu.

"... alguém a quem as... palavras não custam nada."

"Basta ter uma língua bem solta", disse o general.

"Como na África...", disse Henriette. "Acabo de dizer uma besteira."

"Senhores", disse bem alto e muito cerimoniosamente André Marcueil, "creio que o coronel barão de Munchausen fez tudo o que disse, e ainda mais."

"Quer dizer, nunca acabam, essas apostas?", Mrs. Gough se interessou.

"A coisa está ficando um pouco maçante", disse Henriette Cyne.

"Vamos ver, Marcueil", disse Bathybius. "Não é absurdo que um homem salte a cavalo sobre um açude, como esse mítico barão, e ao perceber que não tomou bastante impulso retorne à margem, ele e seu cavalo, puxando-se a si mesmo e ao animal por seu próprio cabelo preso num rabo de cavalo?"

"Os militares naquela época traziam 'o cabelo preso num rabo'", interrompeu Arthur Gough, com mais erudição que senso de oportunidade.

"… Mas é contrário a todas as leis da física", Bathybius finalizou.

"Isso tudo nada tem de erótico", o senador observou distraidamente.

"Nem de impossível", atalhou Marcueil.

"Estão zombando do senhor", disse Pusice-Euprépie ao marido.

"O barão só cometeu um erro", continuou André Marcueil. "Foi narrar suas aventuras *depois* de acontecidas. Se bem que, não duvido, mas acho espantoso que elas lhe tenham acontecido…"

"Eu acredito!", gritou Henriette Cyne.

"Supondo, vamos convir, que elas tenham acontecido", obstinou-se mais pausadamente o doutor.

"Se o fato de lhe terem acontecido é espantoso", disse Marcueil, impassível, "que ninguém jamais tenha acreditado nelas o é bem menos. E foi uma sorte para o barão! Imaginem que existência levaria na sociedade invejosa e maledicente dos homens aquele em cuja vida ocorressem tais milagres. Acabariam por torná-lo responsável por todas as ações misteriosas e por todos os crimes impunes, como outrora se queimavam os bruxos…"

"Seria adorado como a Deus", disse Ellen Elson, a quem o pai chamara de volta depois que a conversa havia retornado, graças ao barão de Munchausen, ao alcance das donzelas.

"E de quanta liberdade não desfrutaria", encerrou Marcueil, "se imaginarmos que, cometesse quantos crimes quisesse, a incredulidade universal lhe forneceria todos os álibis!"

"Sendo assim, meu amigo", sussurrou Mrs. Gough, "como é que o senhor esteve tão perto, agora mesmo, de imitar o barão?"

"Eu não contei nada *depois,* minha senhora", disse Marcueil, que infelizmente não era daqueles que têm aventuras dignas de serem contadas…

"Quando é que o senhor conta, então... *antes*?", disse Henriette Cyne.

"Contar o quê? E *antes* do quê?", Marcueil voltou à carga. "Vamos lá, minha cara, vamos deixar de lado essas 'histórias de caça', como diz muito bem nosso velho amigo, o general."

"Bravo, meu amigo! Quanto a mim, só acredito naquilo que é crível", aprovou Sider.

Ellen Elson se aproximara de André Marcueil, mais curvado que nunca, envelhecido pela barba espessa, os olhos apagados por trás do pincenê. Trajando seu impessoal costume de noite, ele parecia mais ridículo e lastimável que uma máscara de carnaval: vidro, ouro e pelos escondiam seu rosto; até os dentes eram invisíveis por trás da bigodeira emaranhada e recurva. A virgem firmou seu olhar no olhar sem pupila do pincenê de Marcueil:

"Eu acredito no Indiano", ela murmurou.

2º
CORAÇÃO NEM À ESQUERDA NEM À DIREITA

A não ser no instante do nascimento, a princípio André Marcueil não teve nenhum contato com mulher, tendo sido amamentado por uma cabra, como um Júpiter qualquer.[12]

Depois da morte do pai, criado pela mãe e uma irmã mais velha, viveu até os doze anos uma infância de uma pureza meticulosa – se é que o catolicismo tem razão de chamar pureza à negligência, sob a ameaça de castigos eternos, de certas partes do corpo.

Aos doze anos, ainda vestido com camisão largo e calções bufantes, as pernas nuas, chegou o momento solene de sua primeira comunhão, e um alfaiate lhe tomou as medidas para o primeiro traje de homem.

O pequeno André não compreendeu muito bem por que os homens – que são os meninos que têm mais de doze anos – não podem mais ser vestidos por uma costureira… e até então ele nunca havia visto seu sexo.

[12] Queria a lenda antiga que o deus Júpiter tivesse sido amamentado pela cabra Amalteia. [N.T.]

Nunca havia se olhado no espelho, a não ser totalmente vestido, no momento de sair. Ele se achou muito feio de calças pretas... e no entanto seus coleguinhas ficaram muito orgulhosos da novidade!

O alfaiate, de resto, também julgava que o corte da roupa não lhe caía muito bem. Alguma coisa, abaixo da cintura, produzia uma enorme dobra deselegante. O alfaiate sussurrou algumas palavras embaraçosas à mãe, que corou, e Marcueil percebeu vagamente que era portador de alguma deformidade – caso contrário não teriam falado dele, em sua presença, em voz tão baixa –... que ele não era feito como todo mundo.

"Ser como todo mundo, quando crescer" tornou-se uma obsessão.

"Para a direita", dizia o alfaiate, misteriosamente, como para não assustar um doente. Sem dúvida ele queria dizer que o coração estava à direita.

E, no entanto, poderia o coração, mesmo nos adultos, situar-se abaixo da cintura?

O alfaiate ficou perplexo, alisando com o polegar, sem segundas intenções, o insólito lugar.

Nova prova no dia seguinte, depois de retoques e novas medidas, que tampouco se ajustaram.

Pois entre *a esquerda* e *a direita,* havia uma direção: *para cima.*

André, cuja mãe, como todas as mães *natas* e mesmo as outras, queria fazer dele um soldado, jurou não ser mais motivo de diz-que-disse entre os alfaiates e calculou que lhe restavam oito anos para corrigir sua deformidade, antes da vergonha de revelá-la na hora do exame médico do alistamento.

Como permaneceu aplicadamente casto, não teve oportunidade de saber se se tratava realmente de uma deformidade.

E quando chegou o momento de conhecer as garotas – um ritual depois da formatura do liceu, e Marcueil tinha pulado um ano, quer dizer, estava um ano adiantado –, elas devem ter imagi-

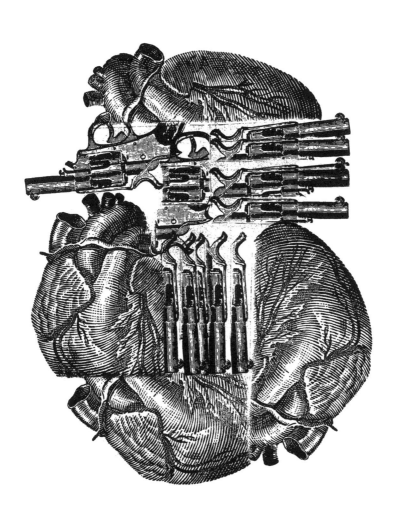

nado que ele, como todos os homens, só era "homem" por alguns instantes, já que só subia "por um momento".

Durante cinco anos, a prosa da Igreja o assombrou: *Hostemque nostrum comprime...*[13]

Durante cinco anos, ele ingeriu brometo, bebeu nenúfar, esforçou-se em se extenuar com exercícios físicos, o que apenas o tornou mais forte; amarrou-se com correias e deitou-se sobre o ventre, opondo à revolta da Fera todo o peso de seu corpo maciço de ginasta.

Mais tarde, muito mais tarde, refletiu que talvez apenas tivesse se esforçado em subjugar uma força que não teria despertado se não tivesse um destino a cumprir.

Como reação, teve, frenético, algumas amantes, mas nem elas nem ele sentiram prazer: era, da parte dele, uma necessidade tão "natural!" e, da parte delas, uma obrigação penosa.

Experimentou, sistemático, vícios "contra a natureza", o tempo exato para aprender, por experiência própria, que abismo separava sua força da dos outros homens.

Sua mãe morreu, e ele encontrou, entre os papéis de família, a menção a um ancestral estranho, um pouco seu avô, embora não tenha contribuído para procriá-lo, seu tio-avô materno, morto muito cedo e que tinha sem dúvida legado a ele "seus poderes".

À certidão de óbito se anexava a nota de um doutor (cujo estilo ingênuo e incorreto reproduzimos) e, costurado com um grosso fio preto, um pedaço de mortalha engomado com manchas características.

Auguste-Louis-Samson de Lurance, morto aos 15 de abril de 1849, com a idade de vinte e nove meses e treze dias, por decorrência de vômito verde não interrompido; tendo conservado até o último suspiro uma firmeza de caráter muito acima de sua idade, a ima-

"E reprime nosso inimigo..."

ginação excessivamente por demais fértil (*sic*), acrescentado a isso *seu organismo precoce demais no que diz respeito a um certo desenvolvimento*, contribuíram fortemente para os excessos de dor em que abismou sua família para sempre. Deus o tenha!

Dr. (*ilegível*)

E agora, um monstro, um "fenômeno humano" perseguido por algum dono de circo não teria sido mais engenhoso que André Marcueil para se confundir com a multidão. A conformidade com o ambiente, o "mimetismo", é uma lei da conservação da vida. É mais seguro imitar seres mais fracos do que matá-los. Não são os mais fortes que sobrevivem, pois *eles* estão *sozinhos*. É uma grande ciência modelar a alma conforme a de seu porteiro.

Mas por que Marcueil sentia necessidade de se esconder e de se trair ao mesmo tempo? De negar sua força e demonstrá-la? Para verificar se sua máscara estava bem firme, sem dúvida...

Talvez fosse "a Fera" que, sem que ele se desse conta, saía.

É UMA FÊMEA, MAS É **DEMAIS**

3

Os convidados iam embora.

Na alta escadaria externa, numa onda dupla, as silhuetas envoltas em peles se expandiam à direita e à esquerda.

Depois, sob as lâmpadas elétricas dos cinco postes enfileirados irregularmente na avenida, percebeu-se o movimento de outras luzes, o estalido dos passos dos cavalos, o arranque de alguns automóveis.

William Elson e sua filha, junto com os Gough, partiam numa engenhoca fantástica, escarlate e resfolegante, que desapareceu em poucos saltos deslizantes.

Os diversos veículos se alinharam e então, na frente do castelo, só se ouvia o murmúrio da água correndo nos fossos.

Lurance, herança materna de André Marcueil, fora construído na época de Luís XIII, mas parecia a coisa mais natural do mundo que seus imensos lampadários de ferro forjado se complementassem com lâmpadas a arco,[14] e que a força das águas fluviais impulsionasse as máquinas encarregadas de fornecer eletricidade.

[14] Precursoras das modernas lâmpadas, as lâmpadas de arco voltaico foram utilizadas de 1888 até 1920.

Da mesma forma, as aleias a perder de vista, abarcando todos os horizontes, pareciam não haver sido traçadas para servir à marcha das carruagens, mas que o arquiteto, por algum pressentimento de gênio, as houvesse destinado, trezentos anos antes, aos veículos modernos. Certamente os homens não trabalham para construir uma obra durável se de algum modo, ainda que confuso, não supõem que ela precise de algum toque de beleza, que eles são incapazes de fornecer no momento, mas que o futuro lhe reserva. Não se faz nada grande, deixa-se crescer.

Lurance fica a poucos quilômetros de Paris, a sudoeste; e Marcueil, visivelmente excitado pela conversa da noitada, disfarçou seu desejo de divertimento com gentileza para seus hóspedes: acompanhou até Paris, pessoalmente, o médico e o general.

Em deferência a este último, refratário aos modernos meios de locomoção – e considerando não haver estação ferroviária perto de Lurance –, ele mandou preparar uma carruagem.

O tempo estava seco, claro e frio. A estrada estralava como papelão. Em menos de uma hora chegaram a L'Étoile, e como não era tarde – duas horas da madrugada – entraram num bar inglês.

"Bom dia, Marc-Antony", disse Bathybius ao barman.

"O senhor é *habitué*", disse o general.

"Como é que esse gaiato desfruta do legítimo prazer de um nome tão shakespearianamente romano?", perguntou Marcueil.

"Contaram-me, com efeito", respondeu Bathybius, "que ele deve esse apelido histórico-dramático ao extraordinário modo como discursa a seus fregueses, com uma solenidade que só encontraria paralelo no *Marco Antônio* de Shakespeare, pronunciando a clássica arenga sobre a tumba de César. E seus fregueses – jóqueis, treinadores, carroceiros, boxeadores –, todos chegados numa briga, muitas vezes bem que precisam de um sermão."

"Espero que logo possamos assistir a um desses, vai nos distrair", disse Marcueil.

Foram servidos. O general pediu cerveja preta forte, o doutor, uma clara mais leve, e Marcueil, que decididamente – salvo quando se divertia enunciando algum teorema paradoxal – ficava em cima do muro, pediu uma mistura igual das duas cervejas, o *half-and-half*.

Apesar do prognóstico do médico, o bar era calmo, o zumbido das conversas no volume exato para isolar a deles.

O doutor não se conteve e, para zombar discretamente de Marcueil, retomou a conversa de Lurance. No fundo, irritara-se um pouco com o amigo que, mesmo de brincadeira, não havia deixado a última palavra a sua autoridade de homem de ciência célebre.

"Agora que estamos entre homens", disse, "uma pequena observação para pôr fim a essas suas mitologias: esses Proculus, Hércules e outros heróis fabulosos não julgavam gloriosas o bastante suas proezas numéricas, tampouco seus autores. Era *um jogo*, como o senhor diz: eles brincavam com a dificuldade! Virgens! Muitas virgens! Ora, é uma verdade médica..."

"E experimental, pois bem adivinho o que o senhor vai dizer", o general interrompeu.

"É uma verdade médica que o coito com uma virgem é tão difícil e doloroso que aplaca no macho o desejo ou a possibilidade de repeti-lo com tanta frequência."

"Nosso casto amigo não havia pensado nisso", disse o general.

"A resposta é simples", disse Marcueil. "Para tomar um exemplo histórico – ou mitológico, se preferem chamar assim –, deve-se evidentemente admitir que Hércules era em tudo superior aos outros homens... Como diria? Em estatura, em corpulência."

"Calibre", o general disse. "Não há damas presentes, e além disso é um termo da artilharia."

"Os ginecologistas conhecem a medida *semivirgem*", prosseguiu Marcueil. "Vamos admitir que, com uma frequência menos corrente, exista a medida *semideus*, é um fato estabelecido que, para... alguns homens, *todas as mulheres são virgens*... um pouco mais, um pouco menos..."

"Que a conclusão não se estenda além das premissas, por favor", o doutor reclamou: "Não diga 'alguns homens'; só Hércules, se quiser..."

"E ele não está aqui", julgou dever seu acrescentar, com fineza, o general.

"Ele... não está, realmente... estava esquecendo", disse Marcueil com uma voz estranha. "Bem, um outro exemplo: suponhamos que uma mulher sofra certo número de ataques sexuais, digamos vinte e cinco... para fixar as ideias, como dizem os professores..."

"Há um provérbio que reza: 'Mais quero asno que me leve, que cavalo que me derrube'", resmungou, meio aborrecido, o doutor. "Basta de paradoxos, meu caro, guarde-os para si... se quer discutir cientificamente... embora tudo isso já tenha sido discutido."

"Vinte e cinco homens diferentes, se o doutor quiser!"

"É mais natural", disse o general.

"Mais científico", corrigiu Bathybius, com uma doçura inesperada.

"O que acontece fisiologicamente? Os tecidos distendidos se estreitarão..."

O doutor bufou: "Ah!, não, ora essa, vão ficar mais distendidos, e com menos do que isso."

"Onde foi que o senhor leu essa besteira?", falou o general. "É ainda um exemplo histórico?"

"Continua sendo muito simples", voltou Marcueil: "A mulher conhecida na história por ter suportado em um dia mais de vinte e cinco amantes foi..."

"Messalina", os dois outros gritaram.

"Exatamente. Ora, há um verso de Juvenal que ninguém soube traduzir e cujo verdadeiro significado, se alguém o entendeu, não pôde ser publicado, pois seus leitores o teriam achado absurdo. Eis o verso: ... *Tamen ultima cellam / Clausit, adhuc ardens RIGIDAE tentigine vulvae.*"[15]

"Tem mais coisa depois", disse o doutor: *"Et lassata viris nec dum satiata recessit."*[16]

"Nós sabemos", disse Marcueil. "Mas a crítica moderna provou que esse verso, como todos os versos célebres, foi interpolado. Os versos célebres são como os provérbios..."

"A sabedoria das nações", disse o general.

"O senhor adivinhou com muita perspicácia, general. Há de convir que as nações resultam do ajuntamento de um número muito grande de recém-chegados..."

"Ah, por favor!", o general começou.

"Escute isso, general,", disse Bathybius. "Está ficando interessante. Marcueil explicava...?"

"Que Messalina, saindo dos braços de vinte e cinco amantes, ou mais, ou muitos mais, está – traduzo literalmente – *ainda ardente* (eu entendo: mantida ainda ardente) *pelo*... As palavras em francês soam um pouco grosseiras, mesmo entre homens, e o resto do latim se compreende por si só."

"Sim, compreendo a última palavra do verso", disse o general, tomando mais cerveja.

"Não é isso que é importante", disse Marcueil, "mas o qualificativo: RIGIDAE."

"Não vejo meio de refutar essa sua interpretação", disse Bathybius. "Mas... Messalina era uma ninfomaníaca, isso é tudo. Este exemplo... histérico não prova coisa alguma."

"As Messalinas são as únicas mulheres de verdade", Marcueil murmurou, sem que ninguém o escutasse.

[15] "Assim fecha a alcova por último, ainda ardente pelo tesão da rígida vulva."

[16] "E com as forças exaustas regressa, mas não saciada."

Ele voltou à carga:

"Os órgãos dos dois sexos são compostos, doutor, dos mesmos elementos, com poucas diferenças?"

"Diferenças sensíveis", o doutor respondeu. "Mas aonde é que o senhor está querendo chegar?"

"Ao seguinte, que é lógico", Marcueil falou. "Que não há razão para que não se produzam no homem, a partir de certo número de vezes, os mesmos fenômenos fisiológicos que ocorrem com uma Messalina."

"O senhor quer dizer, *rigidi tentigo veretri?*[17] Mas é absurdo, delirantemente absurdo", o doutor exclamou. "É justamente a ausência desse fenômeno fundamental que sempre irá impedir que o homem ultrapasse, em termos numéricos, o limite das forças humanas!"

"O doutor me desculpe, mas do meu... raciocínio decorre que essa manifestação se torna permanente e mais exasperada à medida que, tendo-as levado ao infinito numérico, nos afastamos dos limites das forças humanas; e que convém, por conseguinte, ultrapassar esses limites no tempo mais curto possível, ou, se assim quisermos, imaginável."

Bathybius não se dignou responder. Quanto ao general, havia se desinteressado da conversa.

"Outra questão, doutor", Marcueil teimou. "Não concorda que um homem que, em um milhão de ocasiões, aproveita apenas uma, seja um homem moderado? Em matéria sexual, um homem casto?"

O doutor o fitou.

"Ora, doutor, não sou eu quem vai lhe ensinar que o número de ocasiões oferecidas pela natureza para o ato de reprodução, o número de óvulos é, em cada mulher, de..."

"Sim, dezoito milhões", Bathybius disse secamente.

17
17
17
17
17
"A rígida tensão do membro."

"Dezoito por dia, isso não tem nada de sobrenatural! Uma vez sobre um milhão! E suponho um homem sadio – mas o doutor já observou casos patológicos?"

"Sem dúvida", disse Bathybius, brusco. "Priapismo, satiríase, mas não vamos tirar conclusões a partir de doenças."

"E a influência de excitantes?"

"Se afastamos as doenças, vamos afastar os afrodisíacos."

"Os alimentos de reserva, então, o álcool? Pois ele não é de fato um superalimento, como a carne de vaca, os ovos quentes ou o queijo gruyère?

"É isso que o senhor tem, definições", Bathybius retrucou, com súbita alegria. "Parece que estou ouvindo nosso amigo Elson. Vejo com clareza que o senhor não falou sério nem um minuto. Melhor assim. Além disso, o álcool esclerosa os tecidos."

"Como assim?", perguntou o general.

"Endurece os tecidos", Bathybius explicou. "As artérias dos alcoólatras *esclerosam,* o que lhes propicia uma velhice precoce."

"Bem", disse Marcueil, "não caia da cadeira, doutor. Certo... *fenômeno indispensável*, como o doutor diz, não seria uma esclerose?"

"É curioso", disse Bathybius, "mas infantil. Do ponto de vista histológico, é idiota. E a experiência demonstra que não há nada menos viril que um alcoólatra. O álcool é bom para conservar as crianças, não para produzi-las, que eu saiba!"

"E um alcoolizado?"

"O efeito não dura, pois o perigo do álcool é que a reação que ele produz pode ultrapassar a excitação."

"O doutor é um sábio, um grande sábio, o mais sábio de seu tempo, o que, infelizmente, quer dizer que o doutor pertence a seu tempo. Respeito-o como a um precursor; mas o doutor sabe o que se professa hoje? Que a nossa nova geração é completamente jovem, isto é, que sua ciência é uma fração de século à frente da geração a que o senhor pertence: a reação deprimente do álcool, em certos temperamentos, *precede* a excitação!"

"Não é possível que ela preceda", diz o doutor. "Deve acompanhar uma excitação anterior."

"O doutor enfim está dizendo, e me lisonjeia, que eu e outros somos a resultante de gerações superexcitadas pelo sangue das carnes e a força dos vinhos... a explosão de uma compressão! A moda das definições muda. Um pouco mais perto da Idade da Pedra, no século XIX, por exemplo, é o que se poderia chamar 'ter raça'! Doutor, já é tempo de os burgueses – chamo assim a todos os filhos da água turva e do pão menos branco – começarem a ingerir bebidas alcoólicas, se quiserem que sua posteridade valha a nossa!"

"Está falando mal da água?", o doutor se espantou.

"Meu caro Sangrado,[18] não se alarme: esse líquido não tem gosto particularmente nauseabundo, pelo menos em lava-pés e abluções em geral! É fazer-lhe um grande elogio reservá-la a esses usos! Assim, que tal aumentar metodicamente, em progressão geométrica, eu suponho, o regime de um alcoólatra?", continuou Marcueil, que se divertia imensamente espicaçando o doutor. "Que tal *alcoolizar um alcoólatra*?"

"Está zombando de mim", Bathybius resmungou, como tinha respondido a William Elson.

"Não atribuo nenhuma importância ao álcool, ou a qualquer outro excitante", Marcueil desculpou-se, "mas acredito factível que um homem que fizesse amor indefinidamente não teria a menor dificuldade em fazer qualquer outra coisa indefinidamente: ingerir álcool, digerir, usar força muscular etc. Qualquer que seja a natureza dos atos, o último é semelhante ao primeiro, como numa estrada – se a Ponts-et-Chaussées[19] não se equivoca, o último quilômetro é igual ao primeiro!"

18
O dr. Sangrado é uma personagem de *Gil Blas de Santillane*, de Alan René Lesage, publicada na primeira metade do século XVIII. Na farsa, era um médico adepto da sangria como método de cura, acompanhada de parca alimentação e da ingestão de muita água morna. [A partir de nota de Le Brun]

19
Referência à École Nationale des Ponts et Chaussées (Escola Nacional de Pontes e Calçadas), a mais antiga escola de engenharia civil do mundo.

"A ciência tem outras convicções sobre esses assuntos", disse o doutor, que se aborrecia. "Salvo nos domínios do impossível, que os sábios não admitem, uma vez que lá não existem cátedras, as energias não se desenvolvem – e, mesmo assim, nunca indefinidamente! –, a não ser quando especializadas: um lutador não é um garanhão nem um pensador; o Hércules universal nunca existiu nem existirá jamais; e quanto aos benefícios do alcoolismo, os touros só bebem água!"

"Diga-me uma coisa, doutor", perguntou o mais inocentemente que pôde Marcueil. "Já tentou fazê-los tomar alguma bebida alcoólica?"

Bathybius não ouvia mais: foi embora, fechando a porta do bar com estrondo. Ele morava a dois passos dali.

Então aconteceu uma coisa: Marc-Antoine estremeceu, esticou-se como um leão que vai saltar, levantou-se por cima do balcão num movimento calculadamente progressivo, estendeu os braços, tossiu e disse com calma: *"Order, please!"*

Foi tudo, e voltou a sentar-se.

O general, incomodado com a violência do doutor, fez um esforço para alterar o curso dos pensamentos de André Marcueil: "Bela noitada, a sua. Estava muito concorrida".

André sobressaltou-se, com um ímpeto que a originalidade da observação não justificava.

"Por falar nisso, general, é ao senhor que devo a honra de ter recebido em minha casa Mr. William Elson. É um sábio de muito valor."

"Bah!", disse o general, na intenção louvável, encorajada pela cerveja, de parecer modesto, como se o elogio fosse para ele. "Um químico sem importância, não vamos mais falar disso, meu caro; a química, cá entre nós, o que é, meu jovem amigo? É como uma fotografia cujo original jamais se pode ver."

"E...", acrescentou André, hesitante, "... essa garota, a srta. Elson?"

"Bah!", exclamou o general, que agora se entregava à arte de recusar elogios num galope capaz de atravessar a África em um instante. "Bah! um fiapo de mulher..."

Ele mesmo não sabia como concluir a frase, mas era de supor que seria algo pejorativo.

André Marcueil se levantou, balançando a mesa e derrubando os canecos de cerveja; seu rosto, inflamado por uma cólera súbita, se inclinou sobre o general, e seu pincenê saltou como se seu olhar houvesse tido o poder de atirá-lo no rosto do interlocutor.

O general ficou escandalizado, ainda mais quando ouviu sibilar esta ameaça barroca: "General, eu o imaginava um... Alguma elegância francesa! Devia parti-lo em dois, mas não vale a pena, o senhor não é forte o bastante para mim!"

"*Order, please! Order!*", trovejou na hora Mr. Marc-Antony, cuja voz encobriu a de Marcueil.

O general imaginou ter ouvido mal; primeiro, por não ter entendido por que Marcueil se aborreceria daquela maneira; depois, porque o viu derrubar os canecos. E interpretou, para a tranquilidade de seu cérebro: "Essa cerveja não é forte o bastante".

"*Barman!*", ele chamou.

E a Marcueil: "Bebe alguma coisa?"

Mas Marcueil pagou, tomou o general pelo braço e o conduziu a passos largos, primeiro para fora do bar, depois – fazendo um sinal para sua carruagem esperá-los lá onde estava –, na direção do Bois de Boulogne.

"Mas esse não é meu caminho para casa", o general protestou, "eu moro em Saint-Sulpice!"

O general ruminou: "Está bêbado, sem dúvida, embora nem ele nem eu tenhamos bebido. Veja, meu velho – isto é, meu jovem amigo–, estamos no caminho errado. Se o senhor não está bem das pernas – eu o compreendo, também já fui jovem –, quer que eu o leve até a carruagem?"

"O senhor não é forte o bastante para isso", respondeu André Marcueil, tranquilo.

"Como? Que coisa bizarra", disse o general, segurando o braço de Marcueil.

O outro recuou.

"Onde é que ele anda com a cabeça?", o general refletiu. "Esse aí fala de Hércules e se deixa demolir pelo empurrão de um velho. Mas onde é que meu jovem amigo está? Será que a noite está tão negra assim, ou foi o senhor que escureceu?"

Ele cantarolou: *"Um negro forte como Hércules / Foi atacado por um soldado..."*

"Chegamos", disse Marcueil.

"Aonde?", espantou-se Sider. "A sua casa? À minha?"

Uma forma branca se arrepiou perto deles, como se um globo leitoso de lamparina fosse iluminado. Duas notas, como de violoncelo, ululararam. Mais além, garras arranharam e um latido se prolongou.

"Chacais?"

Depois, de repente, com a imensa facilidade que as almas puras têm de não se surpreender, o general riu a bandeiras despregadas: "Quando e por onde entramos? De noite está fechado! Ah! Já sei! Por que é que meu jovem amigo não disse logo que tinha um domicílio no Jardin d'Acclimatation?[20] A menos que não seja de uma amante sua! Não me espantaria, o senhor é tão excêntrico! Eu devia ter desconfiado."

Uma arara gritou, rouca, as sílabas do próprio nome; os cães selvagens rosnaram por trás das grades, e a coruja-das-neves, em sua jaula estreita, fixou os dois homens com seus olhos amarelos.

"Não moro aqui nem tenho amante; mas aqui reside algo forte o bastante para me divertir", disse André Marcueil, lentamente.

[20] Seu nome original era Jardin Zoologique d'Acclimatation

Caminharam ao longo da cerca; grandes formas negras saltaram para junto das barras, seguindo-os, e, à medida que caminhavam, outras foram surgindo.

"E essa agora! Ele está bêbado", disse o general. "Tipo do lugar besta para brincar de adivinhação."

O elefante, em seu recinto, soltou um barrido e os vidros vibraram.

"Será que ele quer lutar boxe com os cangurus? Mas isso já se fazia no circo há trinta anos, e já cansou! Vamos lá, meu velho, vamos embora, já basta termos pulado a cerca, os guardas do Bois vão nos causar problemas; sei muito bem o que é disciplina!"

À direita deles, o aquário se destacava, azulado. Marcueil virou à esquerda, e o general respirou, pois ali terminavam as jaulas dos animais, e ele não precisava mais temer alguma loucura de bêbado imprudente por parte do companheiro.

"Olhe bem, vou matar a fera", disse Marcueil, muito calmo.

"Que fera? O senhor está de fogo, meu velho... jovem amigo."

"A fera", disse Marcueil.

Diante deles, atarracada, sob a luz, agachava-se uma engenhoca de ferro, como se apoiasse os cotovelos nos joelhos, os ombros desprovidos de cabeça, tal qual uma armadura.

"O dinamômetro!", exclamou, divertido, o general.

"Vou matar esse negócio", repetiu Marcueil com obstinação.

"Meu jovem amigo", disse o general, "quando eu tinha a sua idade e até menos, quando era calouro no Stanislas,[21] muitas vezes arriei bandeiras por conta própria, desparafusei mictórios, roubei garrafas de leite, tranquei bebuns nos corredores, mas até agora nunca tinha afanado um distribuidor automático! Não precisa dizer, o amigo pensa que isso seja um distribuidor automático! Enfim, está bêbado... Mas, veja bem, não tem nada lá dentro para você, meu jovem amigo!"

21
21
21
21
21
21
21
21
Tradicional escola particular católica.

"Ele está cheio, cheio de força, e cheio, cheio de números lá dentro", André Marcueil falava consigo mesmo.

"Enfim", o general concordou, "eu adoraria ajudá-lo a quebrar essa coisa, mas de que jeito? Socos, pontapés? Não quer que eu lhe empreste minha espada, quer? Seria partida ao meio!"

"Quebrá-la? Ah, não!", Marcueil disse. "Eu quero *matar* isso."

"Então cuidado com a contravenção por *dano a monumento de utilidade pública!*", disse o general.

"Matar... com permissão", disse Marcueil. E, escarafunchando no bolso de seu colete, tirou uma moeda francesa de dez centavos.

A fenda do dinamômetro, vertical, brilhava.

"É uma fêmea...", disse Marcueil com gravidade. "Mas é muito forte."

A moeda destravou o mecanismo: foi como se a maciça máquina se pusesse em guarda sorrateiramente.

André Marcueil agarrou aquela espécie de sofá de ferro pelos dois braços e, sem esforço aparente, puxou: "Venha, senhora", ele disse.

Sua frase terminou num terrível ruído de ferragens, as molas arrebentadas se retorcendo no chão como as vísceras de uma fera, o mostrador a exibir uma careta, e a agulha, enlouquecida, girando duas ou três vezes como uma criatura acuada que busca uma saída.

"Vamos dar o fora", disse o general. "Esse animal, para meu espanto, soube escolher um instrumento que não era sólido."

Ambos, muito lúcidos agora, embora Marcueil não pensasse em se livrar das duas empunhaduras que, lustrosas, lhe serviam de luvas de gladiador, voltaram a saltar a cerca e subiram a avenida em direção à carruagem.

A alvorada despontava, como a luz de um outro mundo.

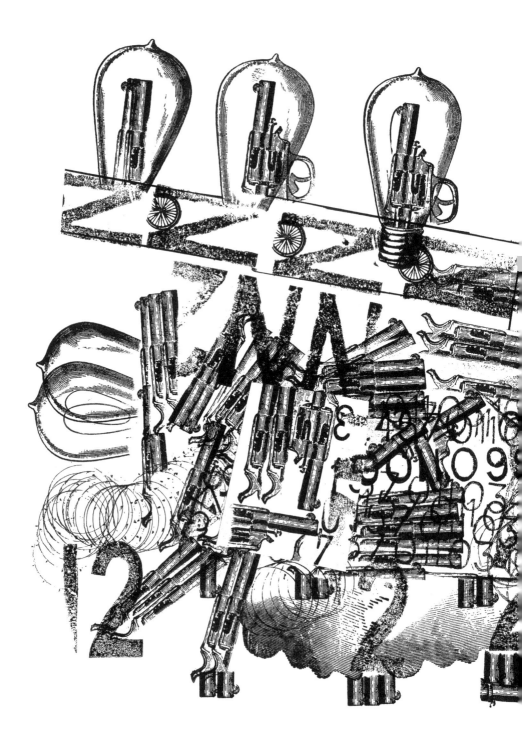

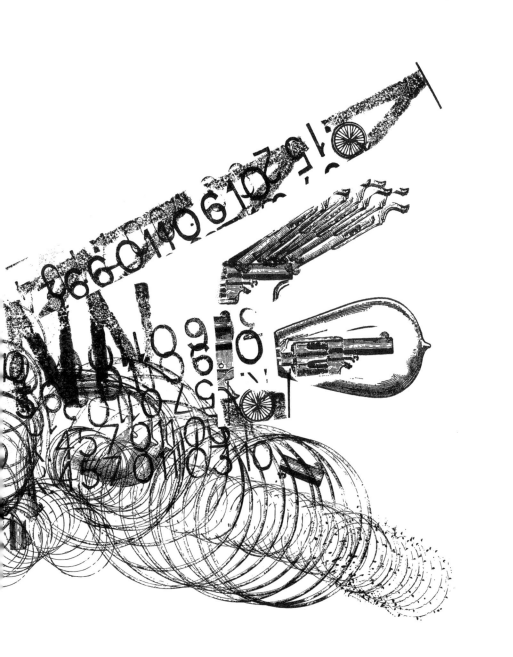

4

UM FIAPO DE MULHER

A mulher que entra produz o mesmo fru-fru daquela que se despe.

No dia seguinte de manhã, Miss Elson entrava na casa de André Marcueil.

Ele acabara de fazer a refeição matinal, às escondidas, pois seguia uma dieta de carne de carneiro crua – como um tísico desesperado ou um selvagem com saúde de ferro. Em seguida, dedicara-se a suas abluções complicadas, tais como as teria praticado um adepto cegamente crédulo do método do padre Kneipp...[22] ou uma prostituta profissional. Ainda estava enrolado em panos úmidos, sobre os quais trazia uma espécie de hábito de monge de lã grossa, agasalho higiênico dito "o manto espanhol".

Nesse momento, Ellen apareceu.

[22] Padre alemão naturista que elaborou uma hidroterapia baseada sobretudo em jatos de água fria. O manto espanhol mencionado integra um dos procedimentos de seu método. [A partir de nota de Le Brun]

Um zumbido de uma agudeza crescente anunciara sua chegada. Alguém diria uma sirene de navio – e enquanto o zumbido persistiu, Marcueil reteve esta palavra nos ouvidos: *sirena, sereia.*

Um automóvel monstruoso – o modelo de corrida único inventado havia pouco por Arthur Gough e movido por combustíveis explosivos cujo segredo só William Elson conhecia, o mesmo veículo no qual Elson e sua filha haviam partido na véspera, só que agora dirigido por Ellen – havia se precipitado com passos de hipogrifo em direção à escadaria externa.

Sereia: essa palavra lhe havia sido sugerida pelo ronco do motor que sacudia as janelas de Lurance. A máscara de motorista de Ellen, em pelúcia cor-de-rosa, lhe desenhava uma curiosa cabeça de pássaro, e Marcueil lembrou que as verdadeiras sereias da mitologia não eram monstros marinhos, mas pássaros marinhos sobrenaturais.

Ellen tirou a máscara com um gesto de saudação viril.

Era uma mulher pequena – um fiapo de mulher, como o general dissera –, de cabelos castanhos e pálida, exceto pelo rosado das bochechas, com um rosto redondo, o nariz um pouco achatado, os lábios finos, cílios imensos e sobrancelhas quase inexistentes, de tal forma que, se ela ficasse de perfil, os longos cílios castanhos se destacariam do rosto, e era possível imaginar – seus cabelos dissimulados sob o capacete de couro ocre – que fosse loira.

Após algumas frases banais: "Minha visita não é apropriada", Ellen disse.

A vestimenta de Marcueil, sempre envolto em seu manto espanhol, dizia, da parte dele, eloquentemente, que ele tampouco se apresentava de modo apropriado.

Mas por mais bizarra e um pouco ridícula que fosse sua vestimenta, um pudor de monge não se podia lhe negar. O hábito felpudo envolvia Marcueil da nuca aos tornozelos. Ellen, sem afetação, deslizou o olhar até os pés, nus em tamancos de madeira: eram extraordinariamente pequenos, como os pés dos faunos nos vasos antigos; e deles ela só viu o inchado do calcanhar e do dedão do pé: o arco da planta se perdia sob o manto, numa abóbada liliputiana.

Ela murmurou, como se fosse uma palavra de ordem que só os dois compreenderiam: "O Indiano tão celebrado por Teofrasto...". Marcueil, que estava sem pincenê, baixou os olhos rapidamente, como para dissimular sua alma – ou alguma outra coisa interior – à jovem.

Ellen continuou com serenidade um diálogo nem começado:

"Sabe por que acredito na existência do Indiano? Porque ninguém vai acreditar nisso... felizmente! Em público, pelo menos, eu não acreditaria... Não se espante, se voltarmos a nos ver em algum salão, que eu ainda zombe, e mais ferozmente que qualquer outra mulher, do Homem cuja força não tem limites..."

"Quantos amantes você já teve?", Marcueil perguntou com uma simplicidade glacial.

Sem responder à pergunta, ela falou:

"Gosta de números? Está bem: há uma chance em mil que o *Indiano* exista, e por causa dessa chance valia a pena vir. Há mil chances contra uma – e isso importa para a minha respeitabilidade – que ninguém acredite na existência do Indiano. Sendo assim, há, no total, mil e uma boas razões para eu procurar o senhor"

"Quantos foram?", repetiu Marcueil um pouco insolente.

"Mas... eles não foram, meu caro senhor", disse Ellen, com dignidade.

"Mentir é classicamente feminino, mas vago", disse Marcueil.

"Nada representaram aos olhos do mundo, que nada soube, nem aos meus, pois eu sonhava com muito mais! O Amante absoluto deve existir, já que a mulher o concebe, da mesma forma

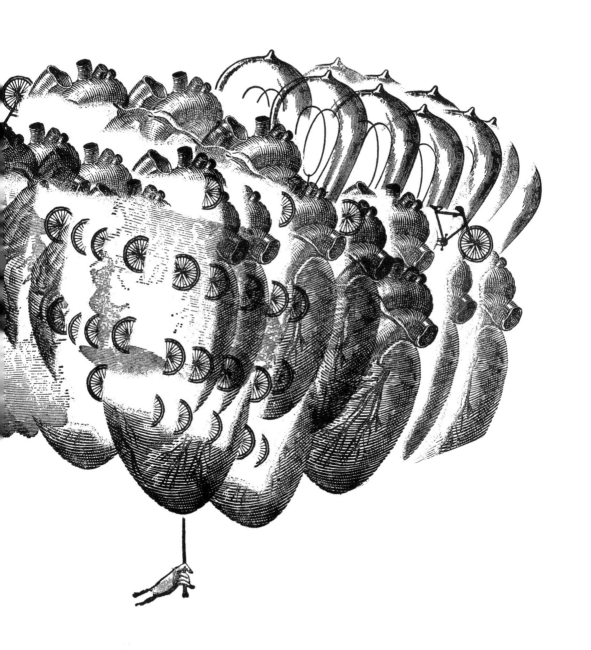

que existe apenas uma prova da imortalidade da alma: temendo o nada, o desejo do ser humano por essa imortalidade!"

"Ai!", disse Marcueil à parte, já que não gostava de escolástica nem de nenhuma espécie de filosofia ou literatura, talvez porque as conhecesse bem demais; depois, em voz alta, para não parecer pedante, ele situou a citação.

"*Ipsissima verba sancti Thomas.*"[23]

"Assim", disse Ellen com naturalidade, "acredito nele porque ninguém vai acreditar... *porque é absurdo*... como creio em Deus! Depois, porque se outras acreditassem eu não o teria mais só pra mim, eu teria sido enganada e ciumenta, e, ainda, me agrada continuar virgem da única maneira que não seja incompatível com a volúpia, e que o mundo reconhece; alguém é virgem quando reúne duas condições: não ter se casado e ter um amante desconhecido... ou impossível!"

"O Indiano como amante, vós dizeis", repetiu Marcueil. "E digo *vós* não por excesso de respeito, mas porque suponho que vós sejais muitas mulheres..."

E sua voz mudou e soou paternalmente doce, como se consolasse uma criança pela privação de um brinquedo que julgasse imprudente lhe oferecer.

"O *Indiano* é uma curiosidade ou pura literatura, não tem nada de divertido! E exige muitos detalhes! A partir de... ONZE, por exemplo, para só falar dos rudimentos e já que não podemos evitar os números... um pouco antes de se despedir das forças humanas, o prazer deve ser mais ou menos o mesmo que sentem os dentes de uma serra ao serem afiados por uma lima! É preciso recorrer a bálsamos e unguentos..."

"A partir de onze", Ellen repetiu. "E depois?"

"A seguir, há, em algum lugar mais à frente da série dos números, o momento quando a mulher se volta ululando sobre si mesma

[23] "As exatas palavras de são Tomás."

e corre pelo quarto como – a expressão popular é admirável! – como um rato envenenado! Há ainda... na verdade, talvez esse Indiano não exista! É mais simples."

Quando um homem e uma mulher trocam ideias durante tanto tempo e com toda essa calma, é que um deles espera que em breve os dois caiam um nos braços do outro.

"Você não tem coração!", Ellen gritou.

"Eu... não tenho coração, minha senhora, que seja", Marcueil disse. "Então, eu o substituo sem dúvida por outra coisa... já que a senhora veio até aqui."

Marcueil mordeu os lábios e abriu a janela.

A conversa deixava de ser íntima, agora que, através da ampla abertura, estava ao alcance dos criados afobados no pátio.

Ellen apanhou a mão de Marcueil.

"É quiromante?", ele perguntou irônico, sem parecer compreender o gesto banal.

"Não, mas leio em seus olhos, seus olhos que hoje vejo completamente nus, leio que, a se acreditar na metempsicose, você foi, em algum lugar em tempos remotos, uma cortesã muito velha..."

"Todas as cortesãs são rainhas", Marcueil respondeu só para dizer alguma coisa, roçando, com uma galanteria impassível, a luva de Ellen com seus lábios bigodudos.

A luva, como um curioso bichinho excitado ou irritado, crispou-se. Marcueil não teria se espantado se a ouvisse rosnar. Ao pé da escadaria, com um gesto febril, Ellen partiu o caule de uma rosa vermelha.

Marcueil, ainda sério, interpretou: "Gosta de flores?".

Ele fingia acreditar num capricho dela e se desculpava por não ter percebido antes. As rosas de Lurance o teriam justificado: tinham uma fama imemorial e inúmeras pertenciam a variedades únicas. Marcueil abriu a lâmina de um canivete e se aproximou do canteiro.

Miss Elson agradeceu com um movimento de cabeça.

"Inútil. Parto amanhã. Adoraria, é verdade, que seu perfume e suas cores me alegrassem o percurso longo, monótono, e os vagões enfumaçados, mas elas murchariam."

Com uma solicitude que chocou a Ellen, Marcueil fez o canivete desaparecer.

"Eu tinha esquecido: a grande corrida... É verdade... Elas não precisam murchar..."

Ellen, para não ter que admitir a si própria que julgava as maneiras de Marcueil um tanto quanto brutalmente descorteses, reinstalou-se de modo brusco em seu veículo, que bufou.

Sem nenhum adorno ou conforto, toscamente pintada de zarcão, a máquina exibia sem pudor, até mesmo com orgulho, seus órgãos de propulsão. Parecia um deus lúbrico e fantástico que raptava a jovem. Mas ela girava à esquerda e à direita, a seu bel-prazer e por uma espécie de coroa, a cabeça do monstro dócil... Os dragões das lendas sempre aparecem coroados.

O monstro metálico, como um grande escaravelho, estendeu suas antenas, arranhou, trepidou, abriu e fechou as mandíbulas, e partiu.

Ellen, com seu vestido verde-pálido, parecia uma pequena alga grudada num gigantesco tronco de coral levado pela correnteza...

Marcueil, pensativo, escutava ao longe o zumbido sibilino do motor; seus ouvidos ainda lembravam daquele ruído, mesmo depois que o som real já tinha se extinguido havia tempo.

"Elas não precisam murchar", ele refletia.

Por fim, como que despertando, chamou o jardineiro e mandou que podasse todas as rosas.

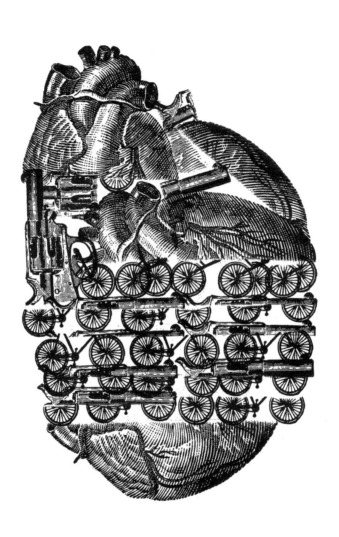

10 000 10 000 10 000 10 000
10 000 10 000 10 000 10 000
10 000 10 000 10 000 10 000
10 000 10 000 10 000 10 000
10 000 10 000 10 000 10 000
10 000 10 000 10 000 10 000
10 000 10 000 10 000 10 000
10 000 10 000 10 000 10 000
                        10 000 10 000 10 000 10 000
                        10 000 10 000 10 000 10 000
                        10 000 10 000 10 000 10 000
                        10 000 10 000 10 000 10 000
                        10 000 10 000 10 000 10 000
                        10 000 10 000 10 000 10 000
                        10 000 10 000 10 000 10 000
                        10 000 10 000 10 000 10 000
                        10 000 10 000 10 000 10 000
                        10 000 10 000 10 000 10 000
                        10 000 10 000 10 000 10 000
                        10 000 10 000 10 000 10 000
                        10 000 10 000 10 000 10 000
                        10 000 10 000 10 000 10 000
                        10 000 10 000 10 000 10 000
                        10 000 10 000 10 000 10 000
                        10 000 10 000 10 000 10 000
                        10 000 10 000 10 000 10 000
                        10 000 10 000 10 000 10 000

5   A CORRIDA DAS DEZ MIL MILHAS

William Elson já tinha passado dos quarenta quando nasceu sua filha Ellen. Nesse ano de 1927, era mais que sexagenário, mas a esbeltez de sua compleição longilínea, o vigor de sua saúde e a lucidez de seu cérebro desmentiam as datas e sua barba branca.

Havia se notabilizado por suas descobertas toxicológicas e fora nomeado presidente de todas as novas associações de temperança dos Estados Unidos a partir do dia em que, por uma reviravolta previsível da moda científica, proclamou-se que a única bebida saudável era o álcool em estado puro.

É a William Elson que se deve a invenção filantrópica de promover a desnaturação da água encanada de maneira a torná-la impotável, mas mantendo-a adequada à higiene do corpo.

Quando chegaram à França, suas teorias foram discutidas por alguns médicos ligados às antigas doutrinas. O adversário mais ferrenho foi o dr. Bathybius.

Jantando num restaurante com Elson, o doutor observou, com segurança, que reconhecia no outro o tremor de mão típico dos alcoólatras.

Como resposta, o velho Elson puxou o revólver e mirou o botão da campainha elétrica.

"O senhor poderia dizer que se trata de mero golpe de vista", ele disse ao doutor. "Assim, por favor, queira segurar este cardápio diante do meu rosto."

Sua mão nem tremeu diante do obstáculo. Disparou.

A arma atirava balas dundum. Do botão da campainha, nada restou; da parede, pouca coisa, e de um pacato cliente que ainda estava nos *hors-d'oeuvre* no compartimento contíguo, alguns uivos inacabados. Mas durante um segundo o botão elétrico, percutido no centro, transmitiu a corrente à campainha.

O garçom apareceu.

"Mais uma garrafa de álcool", Elson ordenou.

Assim era o homem cujas pesquisas conduziram à invenção do *Perpetual Motion Food.*

Que William Elson, tendo enfim fabricado esse *Perpetual Motion Food,* tenha resolvido, com Arthur Gough, "lançar" seu produto promovendo uma grande corrida de bicicleta, contra um trem expresso, com uma equipe de atletas alimentada exclusivamente com a substância, não é um acontecimento sem precedentes. Muitas vezes, na América, desde os últimos anos do século XIX, equipes pedalando *quintuplettes* e *sextuplettes* ganharam de locomotivas de uma ou duas milhas de diferença; mas o que era inédito era proclamar o motor humano superior aos motores mecânicos *nas grandes distâncias.* A confiança que o sucesso de sua descoberta inspirou a William Elson o levaria a concordar pouco a pouco com as ideias de André Marcueil a respeito da ausência de limites das forças humanas. Mas, como homem prático, quis que elas só fossem ilimitadas graças à cooperação do *Perpetual Motion Food.* Quanto a saber se André Marcueil teria ou não participado da corrida, embora Miss Elson assegure havê-lo reconhecido, é isso que vamos discutir neste capítulo. Para a justeza dos fatos, vamos emprestar a narrativa da corrida dita "Do Perpetual Motion Food", ou das "Dez Mil Milhas", a Ted Oxborrow, que integrou uma das equipes – tal como a coletou e publicou o *New York Herald.*

Deitados horizontalmente sobre a *quintuplette*, modelo comum de corrida ano 1920, sem guidom, pneus de 15 milímetros, rendimento de 57,32 metros, o rosto a uma altura mais baixa que o selim, vestíamos máscara para nos proteger do vento e da poeira; as dez pernas ligadas, as cinco direitas e as cinco esquerdas, por fios de alumínio, demos a largada na interminável pista instalada ao longo das dez mil milhas, paralelamente aos trilhos do trem; saímos, puxados por um automóvel em forma de projétil, à velocidade provisória de 120 quilômetros por hora.

Afivelados à engenhoca, para impedir que apeássemos, estávamos, na seguinte ordem: atrás, eu, Ted Oxborrow; à minha frente, Jewey Jacobs, Georges Webb, Sammy White – um negro – e o piloto da equipe, Bill Gilbey, que por farra apelidamos de Cabo Gilbey, porque era responsável por quatro homens. Nem conto o anão Bob Rumble, bimbalhando num reboque cujo contrapeso servia para diminuir ou aumentar a aderência de nossa roda traseira.

O Cabo Gilbey nos passava por cima do ombro, a intervalos regulares, os cubinhos incolores e crocantes, acres ao paladar, do *Perpetual Motion Food*, nosso único alimento ao longo de mais de cinco dias; ele os apanhava, de cinco em cinco, de uma mesinha instalada no bagageiro da máquina condutora. Abaixo da mesinha, brilhava o mostrador branco do indicador de velocidade; abaixo do mostrador, um cilindro suspenso e giratório atenuava os eventuais choques da roda dianteira da *quintuplette*.

Ao cair da primeira noite, sem que o pessoal da locomotiva percebesse, esse cilindro foi atado às rodas do veículo condutor, de tal modo que passou a girar em sentido contrário ao delas. Então o Cabo Gilbey nos fez avançar até que a roda dianteira se apoiasse sobre o cilindro, cuja rotação, como uma engrenagem, nos conduziu, sem esforço e fraudulentamente, durante as primeiras horas da noite.

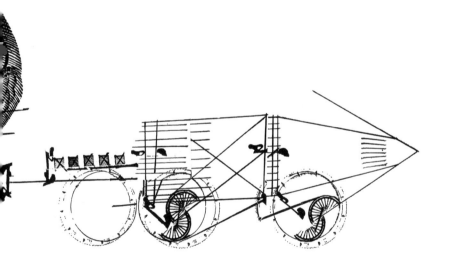

Não soprava a mais leve brisa atrás de nossa máquina de tração, é claro; à direita, a locomotiva, como uma besta estúpida, pastava no mesmo lugar do "campo" visual sem avançar nem recuar. Nenhum movimento aparente, a não ser um segmento um pouco trepidante de seu flanco, onde parecia balançar a biela; quanto à parte posterior, dava para contar os raios do limpa-trilhos, semelhantes às barras de uma prisão ou às grades numa barragem de moinho. Tudo isso sugeria muito bem uma paisagem fluvial muito tranquila – o curso silencioso da pista polida era o riacho –, e os gargolejos regulares do enorme animal assemelhavam-se ao barulho de uma queda d'água.

Vislumbrei em diversas ocasiões, através das janelas do primeiro vagão, a longa barba branca de Mr. Elson, que oscilava de alto a baixo, como se sua pessoa se balançasse preguiçosamente numa cadeira de balanço.

Os grandes olhos curiosos de Miss Elson também surgiram por um instante na primeira portinhola do segundo vagão, a única que me era dada a ver e ainda por cima com o risco de um torcicolo.

A pequena silhueta atarefada, com bigodes aloirados, de Mr. Gough não abandonava a plataforma da locomotiva. Pois se William Elson acompanhava a corrida no trem, era com o desejo de ver o trem derrotado; quanto a Mr. Gough, a alta soma apostada o excitava a mobilizar todos os recursos de sua competência de condutor.

Sammy White cantarolava, no ritmo do movimento de nossas pernas, a cançãozinha infantil: *Twinkle, twinkle, little star...*.

E, na noite deserta, a voz de falsete de Bob Rumble, que tinha os miolos moles, gania atrás de nós: "Aí atrás vem coisa!".

Mas nenhuma coisa, viva ou mecânica, poderia seguir a uma velocidade como aquela; além disso, as pessoas no trem poderiam notar a estrada plana e vazia atrás de Bob Rumble. Verdade que, depois do último carro, por alguns metros não era possível enxergar os pedriscos entre os dormentes: os vagões só tinham aberturas laterais, e nós não podíamos olhar para trás. Mas teria sido muito inverossímil que alguém rodasse sobre o cascalho! Sem dúvida o anãozinho queria manifestar seu orgulho pelo fato de sua pueril pessoa viajar a nosso reboque.

Quando a alvorada do segundo dia raiou, um ronco estridente e metálico, uma vibração poderosa na qual estávamos como que imersos, quase me fez destilar sangue pelas orelhas. Percebi que o último automóvel em forma de projétil havia sido "desligado" e substituído por uma máquina voadora em forma de trombeta. Ela girava sobre si mesma e se mantinha no ar perto do chão diante de nós, e um vento furioso nos aspirava em direção a seu funil. O fio de seda do indicador de velocidade tremulava de modo regular, desenhando como que um fuso vertical e azul contra a bochecha do Cabo Gilbey, e eu li no mostrador de marfim, como era previsto para essa hora quanto ao número de quilômetros por hora: 250.

O trem conservava sua posição anterior: a mesma aparente imobilidade de sempre, prodigiosamente controlável por todos os sentidos e até pelo toque de minha mão direita; mas o barulho de queda d'água estava superagudo e, a um milímetro da fornalha incandescente da locomotiva, por efeito da velocidade, reinava um frio mortal.

Mr. W. Elson estava invisível. Meus olhos atravessaram sem obstáculo, de uma janela à outra, seu vagão. Pretendia espiar o interior do vagão de Miss Elson, mas alguma coisa interceptou minha visão. A primeira janela do longo compartimento de mogno, a única que estava no meu campo de visão, para minha grande estupefação estava obstruída, *para o exterior*, por um espesso forro escarlate. Dir-se-ia que durante a noite cogumelos sangrentos haviam crescido sobre os vidros...

O dia já ia alto, não tive dúvida do que vi: tudo o que eu vislumbrava do vagão desaparecia sob rosas vermelhas, enormes, abertas, frescas como se tivessem sido colhidas naquele momento. O perfume se difundia na tranquilidade do ar, ao abrigo do para-brisa.

Quando a jovem abriu a janela, parte da cortina de flores se rasgou, mas elas não caíram na hora: durante alguns segundos, viajaram no espaço à mesma velocidade das máquinas, e a mais volumosa foi engolida, pela corrente de ar súbita, para dentro do vagão.

Tive a impressão de que Miss Elson deu um grito e levou a mão ao peito, e não a vi mais durante o resto do dia. As rosas se desfolharam pouco a pouco pela trepidação, esvoaçaram uma a uma, às vezes três, às vezes quatro, a madeira envernizada do vagão-dormitório apareceu imaculada, refletindo mais nitidamente que um vidro o perfil grotesco de Bob Rumble.

No outro dia, a floração encarnada havia se renovado. Perguntei-me se estava ficando louco, e o rosto ansioso de Miss Elson não desgrudou mais da janela.

Mas um incidente mais grave reclamou minha atenção.

Nessa manhã do terceiro dia, ocorreu uma coisa terrível, terrível sobretudo porque poderia ter nos feito perder a corrida. Jewey Jacobs, no posto imediatamente à minha frente e os joelhos a uma jarda[24] dos meus, nossos joelhos ligados pelas varetas de alumínio; Jewey Jacobs, que pedalava com um vigor fantástico desde a partida, tanto que dava arrancos de modo a acelerar intempestivamente o ritmo prescrito por nossa tabela de marcha, e que eu tive que contrapedalar em várias ocasiões; Jewey Jacobs parece que de repente começou a sentir um prazer maligno em tensionar as panturrilhas, fazendo com que meus joelhos batessem desagradavelmente no meu queixo, e tive que exigir muito das minhas pernas.

Em suas correias e máscaras, nem o Cabo Gilbey nem, atrás dele, Sammy White, nem Georges Webb eram capazes de se virar

[24] Cerca de 91 centímetros.

para verificar o que se passava com Jewey Jacobs; mas eu pude me inclinar um pouco e espiei sua perna direita: os dedos do pé continuavam presos no *toe-clip de couro, a perna subia e descia com isocronismo, mas o tornozelo parecia inchado e o ankle-play* não se produzia mais. Além disso – detalhe talvez um pouco técnico demais –, eu não tinha prestado atenção a um odor particular, atribuindo-o a sua malha de jérsei preto, na qual, como todos nós, ele fazia suas necessidades; mas uma ideia súbita me fez estremecer e olhei de novo, a uma jarda da minha perna e ligado a ela, o pesado tornozelo de mármore, e respirei o fedor *cadavérico* de uma decomposição incompreensivelmente acelerada.

A cerca de meia jarda à direita, uma mudança de outra natureza me espantou: em vez do meio do tênder, vislumbrei a segunda portinhola do primeiro vagão.

"Estamos engripados!", gritou na hora Georges Webb.

"Estamos engripados!", repetiram Sammy White e Georges Webb, como o estupor moral paralisa braços e pernas muito mais que uma fadiga física, a última portinhola do segundo vagão apareceu contra meu ombro, a última portinhola florida do segundo e último vagão; as vozes de Arthur Gough e dos maquinistas lançaram hurras.

"Jewey Jacobs está morto", gritei lamentavelmente com todas as minhas forças.

O terceiro e o segundo homem do time berraram em suas máscaras para Bill Gilbey: "Jewey Jacobs está morto!".

O som rodopiou na corrente de ar até as paredes da máquina voadora em forma de trombeta, que repetiu três vezes – pois era enorme o bastante para que coubessem dois ecos em sua extensão –, que repetiu e lançou das alturas sobre a fabulosa pista atrás de nós, como uma convocação para o Juízo Final: "Jewey Jacobs está morto! morto! morto!".

"Ah! ele está morto? Estou pouco me fud...", disse o Cabo Gilbey. "Atenção: MOVIMENTEM JACOBS!"

Foi um trabalho enervante, com o qual espero não me deparar em nenhuma outra corrida. O homem recalcitrava, contrapedalava, *engripava*. É extraordinário como esse termo, que se aplica aos atritos nas máquinas, convinha maravilhosamente ao cadáver. E ele continuava a dar vazão a suas necessidades abdominais debaixo do meu nariz! Duas vezes fomos tentados a desparafusar os pinos que faziam dos cinco pares de pernas, incluindo as do morto, um corpo único. Mas ele estava grampeado, encadeado, chumbado, selado e lacrado no selim, e depois... teria sido um peso... *morto,* não exagero em usar a palavra, e para ganhar essa dura corrida era preciso eliminar todo peso morto.

O Cabo Gilbey era um homem prático, como práticos eram os cavalheiros William Elson e Arthur Gough, e o Cabo Gilbey nos ordenou exatamente o que eles teriam ordenado se estivessem na sua posição. Jewey Jacobs havia se comprometido a concorrer, ele, o quarto homem, na grande e honorável corrida do *Perpetual Motion Food;* tinha assinado um contrato com multa de vinte e cinco mil dólares, reembolsável com corridas futuras. Morto, não corria mais e não poderia quitar a dívida do contrato rompido. Precisava continuar a correr, vivo ou morto. Se é possível dormir bem numa máquina, bem que se pode morrer numa máquina, e não há nenhum inconveniente. Afinal, o nome da corrida era *Moto Perpétuo!*

William Elson nos explicou mais tarde que a rigidez cadavérica – que ele chamava *rigor mortis,* creio – não significa absolutamente nada e cede ao primeiro esforço que se lhe inflija. Quanto à putrefação súbita, ele mesmo admitiu que não sabia a que atribuir... talvez, disse, à abundância excepcional da secreção das toxinas musculares.

Eis aí, assim, nosso Jewey Jacobs que pedalava, no começo com má vontade, sem que desse para ver se fazia caretas, o nariz sempre na máscara. Nós o encorajamos com injúrias carinhosas, do tipo daquelas que nossos avós dirigiam a Terront em sua primeira Paris-Brest:[25] "Mexa-se, seu porco!". Pouco a pouco ele vai tomando gosto pela coisa, e eis que suas pernas acompanham as nossas, o *ankle-play* volta, até que se põe a pedalar como um louco.

"Uma flecha", disse o Cabo. "Está nos estabilizando. E acho que vai dar conta do recado já, já."

Com efeito, não somente estabilizou, mas embalou, e o *sprint* de Jacobs morto foi um arranque de que os vivos nem fazem ideia. Tanto que o último vagão, que se tornara invisível durante esse treinamento para defuntos, cresceu, cresceu e retomou seu lugar natural, que nunca deveria ter abandonado, em algum ponto atrás de mim, na metade do tênder, a cerca de meia jarda à direita do meu ombro direito. Tudo isso se passou, claro, em meio a nossos hurras, tonitroados em nossas quatro máscaras: "Hip, hip, hip, hurra para Jewey Jacobs!".

E a trombeta voadora espalhou por todo o céu: "Hip, hip, hip, hurra para Jewey Jacobs!".

Eu havia perdido de vista a locomotiva e seus dois vagões enquanto ensinava o morto a viver; quando ele pôde se arranjar sozinho, vi a parte de trás do último vagão crescer como se ele voltasse em busca de notícias. Alucinação, sem dúvida, um reflexo deformado da *quintuplette* no mogno do grande vagão-leito mais cintilante que um espelho, uma forma corcunda de ser humano – corcunda ou suportando um enorme fardo – pedalava atrás do trem. Suas pernas se moviam na exata velocidade das nossas.

Num relance, a visão desapareceu, escondida pelo ângulo do final do vagão, já ultrapassado. Pareceu-me muito engraçado ouvir, como antes, o absurdo Bob Rumble – que, enlouquecido, saltava à

[25] Referência a uma corrida de bicicleta instituída em 1891, cujo vencedor foi Charles Terront.

direita e à esquerda, em seu compartimento de vime – ganir como um macaco na jaula: "Tem alguma coisa pedalando, tem alguma coisa seguindo a gente!".

Educar Jewey Jacobs nos tomou um dia inteiro: era a manhã do quarto dia, três minutos, sete segundos e dois quintos depois das nove horas, e o mostrador de velocidade estava em seu ponto extremo, criado para não ser ultrapassado: 300 quilômetros por hora.

A máquina voadora nos prestava um bom serviço; e, sem saber se ultrapassávamos a velocidade registrada anteriormente, tenho certeza de que graças a ela não diminuímos a marcha – o indicador conservava o ponteiro no ponto extremo do mostrador. O trem nos acompanhava sempre, regular, mas como não se previra combustível compatível a tal velocidade, os passageiros – não havia outros além de Mr. Elson e sua filha – avançavam pelo corredor até a plataforma da locomotiva, junto ao maquinista, levando consigo suas comidas e bebidas. A jovem, maravilhosamente diligente, carregava um estojo de toalete. Todos – eram cinco ou seis ao todo – se puseram a demolir os vagões e a jogar na fornalha tudo o que podia queimar bem.

A velocidade aumentou, impossível dizer em que proporção; mas o ronco da trombeta voadora subiu alguns semitons, e me pareceu que a resistência sob os pedais cessou por completo, coisa absurda, com meu esforço mais exacerbado. Será que este espantoso Jewey Jacobs estaria fazendo ainda mais progressos?

Senti, sob os pés, não mais o betume uniforme da pista, mas... muito longe... a parte de cima da locomotiva! A fumaça do carvão e do combustível cegou nossas máscaras. A máquina voadora parecia aterrissar.

"Voo de abutre", resumiu, entre dois acessos de tosse, o Cabo Gilbey. "Cada um por si."

Sabe-se, e Arthur Gough explicaria melhor que eu, que um objeto móvel rodante animado por uma velocidade suficiente se eleva e plana, a aderência ao solo sendo suprimida pela velocidade. Com o risco de voltar a cair, se não estiver munido de órgãos próprios para propulsá-lo sem ponto de apoio sólido.

A *quintuplette*, ao cair, vibrou como um diapasão.

"*All right*", disse de repente o Cabo, entregue a uma gesticulação singular, o nariz em cima da roda da frente. "Tudo voltou a rodar como antes."

"Furou o pneu da frente", disse Bill, com uma voz confortadora.

À direita, não havia mais traço de vagões: enormes montes de madeira e vasilhas de combustível estavam amontoados sobre o tênder; os vagões de carga haviam sido descarrilhados e ficavam para trás: mesmo que por um tempo ainda tivessem seguido pelo impulso, deveriam perder velocidade pela trepidação. Nesse momento, era possível acompanhar o movimento de suas rodas. A locomotiva estava sempre na mesma altura.

"Revoo de abutre", disse Bill Gilbey. "Cuidado. Pneu de trás furado. *All right.*"

Estupefato, levantei a cabeça por cima de minha máscara e olhei para o ar: a máquina voadora havia desaparecido e ficara lá atrás, sem dúvida com os vagões abandonados.

Tudo ia bem, no entanto, como dizia o Cabo; o ponteiro da velocidade marcava sempre, contra sua bochecha, tremendo, uma marcha uniformemente acelerada, havia muito superior a trezentos quilômetros por hora.

O ponto de viragem se anunciava no horizonte.

Era uma grande torre a céu aberto, um tronco cônico de duzentos metros de diâmetro na base por cem de altura, apoiado por contrafortes de pedra e ferro. Pista e via férrea eram engolfadas através de uma espécie de porta; no interior, durante uma fração de minuto, giramos como num turbilhão, deitados de lado, e pelo impulso nos mantivemos sobre as paredes não apenas verticais, mas que pendiam qual a face interna de um telhado. Parecíamos moscas andando pelo teto.

A locomotiva estava suspensa acima de nós, no flanco, como uma prateleira. Um zumbido enchia o tronco cônico.

Ora, durante essa fração de minuto, todos nós ouvimos, no centro dessa torre isolada na estepe do Transiberiano e cujo interior vazio acabávamos de percorrer, uma voz forte, repercutida pelo eco, e que parecia ter entrado imediatamente após a locomotiva. Essa voz praguejava, blasfemava e esbravejava.

Ouvi distintamente esta frase estapafúrdia, proferida em bom inglês – sem dúvida para que fosse entendida por nós: "Seu cabeça de porco, sai da frente!".

Depois, um choque surdo.

Já saíamos do ponto de viragem quando, na tal porta que alguns segundos antes tínhamos encontrado livre, uma barrica, com a capacidade que os ingleses chamam *hogshead* – com efeito, "cabeça de porco", e que contém cinquenta e quatro galões –, trazendo no lugar do tampo uma grande abertura retangular e em sua metade munida de duas correias semelhantes às de uma mochila de soldado, como se alguém a tivesse levado nas costas, uma barrica balançava como qualquer objeto redondo jogado ao chão com brutalidade – como um berço de criança.

O limpa-trilhos da locomotiva a atingiu em cheio, como a uma bola de futebol: ela espirrou sobre a linha e sobre a pista um pouco de água e botões de rosa, alguns dos quais rodopiaram por um certo tempo, aderindo com seus espinhos aos pneus já furados de nossas rodas.

Caiu a noite do quarto dia. Embora tivéssemos gastado três dias para chegar ao ponto de viragem, devíamos, mantida a velocidade atual, estar a menos de vinte e quatro horas da chegada das Dez Mil Milhas.

Como escurecia, dei uma última espiada no mostrador que não consultaria mais até o amanhecer; ao olhá-lo, o fio de seda, girando e vibrando na garganta bloqueada da engrenagem em seu ponto extremo, queimou numa grande espiral azul, depois tudo ficou preto.

Então, como uma chuva de meteoritos, pancadas duras e doces ao mesmo tempo, e agudas e aveludadas e sangrentas e gritantes e lúgubres, nos atingiram, atraídas por nossa velocidade como o são as moscas; e a *quintuplette* deu uma guinada e foi de encontro à locomotiva, sempre aparentemente imóvel. E nela ficou grudada por alguns metros sem que nossas pernas automáticas parassem.

"Nada", disse o Cabo. "Pássaros."

Não estávamos mais protegidos pelo quebra-vento das máquinas de treinamento, e é extraordinário que esse incidente não tenha ocorrido antes, desde nosso desligamento do funil voador.

Nesse momento, sem que o Cabo ordenasse, o nanico Bob Rumble se arrastou até mim ao longo do cabo do reboque e apoiou todo o seu peso sobre a roda de trás, aumentando a aderência ao solo. Essa manobra provou que a velocidade acelerava mais ainda.

Ouvi baterem os dentes de Bob Rumble e então compreendi que ele só se aproximava de nós para fugir do que chamava "alguma coisa aí atrás que nos segue".

Nas minhas costas, um pouco à esquerda, ele acendeu um farolete de acetileno, que estranhamente projetou diante de nós, um pouco à direita (a locomotiva estava à esquerda agora), a sombra quíntupla da equipe sobre a pista branca.

Na vívida claridade, o anão não se queixou mais. E nós mergulhamos EM NOSSA PRÓPRIA SOMBRA.

Eu não tinha mais ideia da velocidade. Tentava ouvir alguns trechos das cançonetas estúpidas que Sammy White cantarolava para si mesmo para melhor ritmar suas pedaladas. Pouco antes que o fio do mostrador queimasse, ele murmurava o refrão, que lembrava uma chuva de pedras, de seu *sprint* final, tantas vezes ouvido ao longo de seus recordes de milha e meia milha, sobre as pistas do Massachusetts em forma de pipa de empinar: "*Poor papa paid Peter's potatoes!*".

Mais que isso seria preciso inventar, mas suas pernas iam depressa demais para seu cérebro.

O pensamento, o de Sammy White pelo menos, não é tão rápido quanto se diz, e não consigo imaginá-lo fazendo uma "bela exibição", em qualquer que seja a pista.

Só há realmente um recorde que nem Sammy White, campeão do mundo, nem eu, nem nossa equipe de cinco bateremos tão cedo: o recorde da luz; e com meus olhos eu o vi ser batido: quando o farolete se acendeu atrás de nós, varrendo de trás para diante a impressão de nossa sombra, de nossa sombra feita de nossas cinco sombras tão instantaneamente agrupadas e confundidas cinquenta metros à frente, dir-se-ia que um corredor sozinho, visto de costas, nos precedia (e a simultaneidade de nossas pedaladas completava essa ilusão que depois eu soube não ser uma ilusão), quando nossa sombra se projetou para a frente, foi muito dolorosa a sensação para nós cinco de que um adversário silencioso e irresistível que nos seguia havia dias acabava de avançar sobre nossa direita ao mesmo tempo que nossa sombra, escondido nela e garantindo sua dianteira de cinquenta metros; nossa raiva competitiva foi tão aguda que nossas bielas se puseram a girar com o empenho de um cão furioso que busca a própria cauda, na falta de algo melhor para morder.

Nisso, a locomotiva, queimando seus vagões, se mantinha sempre na mesma velocidade, verdadeira calmaria perto de um gêiser... Tinha-se a impressão de que não levava outro ser animado a não ser Miss Elson, que acompanhava com uma curiosidade superexcitada e pouco explicável as contorções, bastante grotescas, é verdade, de nossa sombra à distância. William Elson, Arthur Gough e os maquinistas não faziam nenhum movimento. Quanto a nós, em fila sob o jato da claridade pálida do farolete e tão achatados em nossas máscaras que mal éramos acariciados pelo furacão gerado por nossa velocidade, nós revivíamos, acho, a julgar por meus sentimentos pessoais, as noites da infância, sob a lâmpada, debruçados sobre a mesa dos deveres de escola. E parecíamos reconstituir uma das minhas visões nessas noites: uma grande *sphinx atropos*[26] que entrava pela janela e, coisa estranha, não se incomodava com a lâmpada, indo buscar no teto, numa paixão guerreira, sua própria sombra projetada pela luz, e a atacava, em golpes repetidos, com todos os aríetes de seu corpo peludo: toc, toc, toc...

Nesses pensamentos ou nesse sonho, não me dei conta de que graças a nosso deslocamento impetuoso o farolete havia apagado – e no entanto, bem visível porque a pista era muito branca e a noite bem clara, a mesma silhueta indistinta nos levava a dianteira em cinquenta metros!

Ela não podia estar sendo projetada pela luz da locomotiva: até o combustível dos faróis fora usado havia muito tempo para alimentar a caldeira obscura.

No entanto, não existem fantasmas... que era então essa *sombra*?

O Cabo Gilbey não havia notado que nosso farolete apagara, caso contrário já teria repreendido severamente Bob Rumble; sempre jovial e prático, ele nos encorajava com suas graçolas: "Vamos lá, crianças, segurem essa! Isso não vai ficar assim! A gente vai ganhar. Está sem combustível, não é uma sombra, é um espeto de carne!".

No grande silêncio da noite, aceleramos ainda mais a marcha.

De repente... ouvi... acho que ouvi como que trinados de um pássaro, mas de um timbre singularmente metálico.

Eu não me enganava: havia mesmo um barulho, um barulho lá na frente, um ruído de ferragens...

[26] Mariposa conhecida por borboleta-caveira (em francês, *tête-de-mort*).

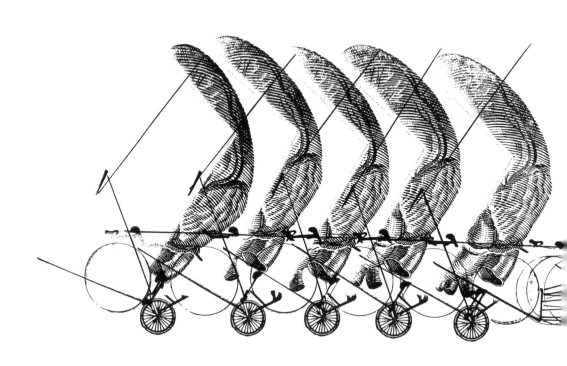

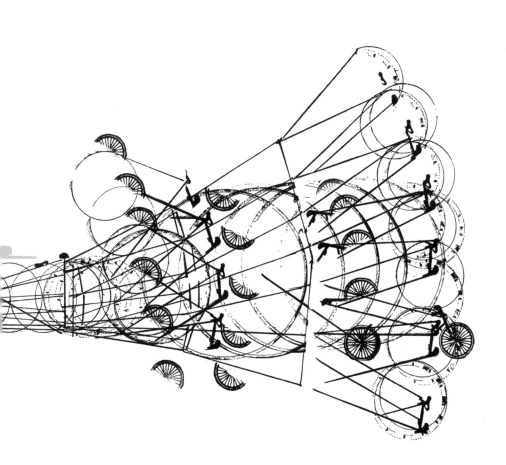

Certo de sua origem, eu quis gritar, chamar o Cabo, mas estava terrificado com minha descoberta.

A sombra rangia como um velho catavento!

Não havia mais dúvidas sobre o único acontecimento realmente extraordinário da corrida: a aparição do PEDARDO.[27]

E no entanto eu jamais acreditaria que um homem ou um diabo tivesse nos seguido – e ultrapassado – ao longo das dez mil milhas!

Sobretudo considerando a estampa do personagem! Eis o que deve ter acontecido: o Pedardo decerto se deixara alcançar e se mantinha à esquerda, quase diante da locomotiva; no momento em que a sombra desapareceu, o Pedardo, se confundindo com ela por um segundo, atravessou a pista diante da *quintuplette* com uma imperícia incrível, mas com providencial sorte para ele e para nós. E trombou com sua máquina apocalíptica contra o primeiro trilho... Dir-se-ia, minha nossa, ele ziguezagueava tanto, que fazia umas três horas, não mais, que começara a praticar o ciclismo. Atravessou assim o primeiro trilho perpendicularmente, arriscando a própria pele; fez a cara desesperada de alguém que sabe que não vai conseguir ultrapassar o segundo; hipnotizado pela manobra de seu guidom, os olhos fixos na roda da frente, ele não parecia duvidar de que se entregava a essas pequenas evoluções imbecis diante de um grande trem expresso embalado para cima dele a mais de trezentos quilômetros por hora. Parecendo subitamente tomado por uma ideia muito prudente e engenhosa, virou de repente para a direita e se jogou sobre os dormentes a sua frente, fugindo da locomotiva. Nesse preciso momento, o esporão da máquina apanhou sua roda de trás.

Durante o segundo em que ele esperou o esmagamento, toda a sua silhueta bizarra, até mesmo os detalhes dos raios de sua bicicleta, ficou fotografada na minha retina. Depois fechei os olhos, não tendo nenhum desejo de contar seus dez mil pedacinhos.

[27] Segundo a *Revue Encyclopédique* de 11 de fevereiro de 1899, o neologismo *pédard* designava, de modo jocoso, os ciclistas, muitas vezes maus condutores, que pedalavam a toda velocidade, em geral de modo imprudente.

Ele usava pincenê, não era exatamente barbudo, mas apresentava uma pequena barba rala e encaracolada.

Trazia uma sobrecasaca e um chapéu alto, acinzentado de tanta poeira. A perna direita da calça estava arregaçada, como se o tivesse feito de propósito para haver mais chances de a calça enganchar na corrente da bicicleta; a perna esquerda estava presa com um grampo em forma de garra de caranguejo. Seus pés, sobre os pedais de borracha, calçavam botinas com elásticos. Sua bicicleta era de quadro reto, com pneus compactos, de um tipo que não se comprava mais nem a peso de ouro... e devia pesar muito, munida de para-lamas na frente e atrás! Um bom número de seus raios – raios diretos – haviam sido habilmente substituídos por varetas de guarda-chuva cujos aros, que não haviam sido retirados, pendiam ao sabor das rodas formando um 8.

Surpreso de ouvir o tinido metódico, bem como o rilhar dos rolamentos, um bom meio minuto depois do que eu supunha deveria ter sido a catástrofe, reabri os olhos e não pude acreditar neles, nem mesmo acreditar que estivessem abertos: o Pedardo ainda se exibia à esquerda, sobre a linha! A locomotiva continuava investindo contra ele, que não parecia se incomodar muito. Expliquei a mim mesmo o prodígio: a estúpida besta ignorava, sem dúvida, a acometida do grande expresso, de outra forma não teria demonstrado tamanho sangue-frio. A locomotiva tinha fisgado a bicicleta e a empurrava agora *pelo para-lama da roda de trás!* Quanto à corrente da bicicleta – pois é claro que o ridículo e insensato personagem não teria sido capaz de mover as pernas a tais velocidades –, a corrente se arrebentara no choque, e o Pedardo, exultante, pedalava no vazio – sem necessidade, a supressão de toda transmissão constituindo-lhe uma excelente "roda livre" e mesmo louca – e se aplaudia pela própria performance, que sem dúvida atribuía a suas capacidades naturais!

Uma luz apoteótica surgiu no horizonte e o Pedardo foi o primeiro a ser banhado por ela. Era a iluminação do ponto de chegada das Dez Mil Milhas!

Tive a sensação do fim de um pesadelo.

"Vamos lá! Mais um pouco", o Cabo dizia. "Em cinco, bem que a gente pode fazer esse camarada comer poeira!"

Essa voz do Cabo – tão nítida como, num navio, um ponto de referência fixo acentua as oscilações a quem, sofrendo de enjoo, jaz num beliche suspenso –, essa voz me fez compreender que eu estava bêbado, caindo de bêbado, de cansaço ou do álcool do *Perpetual Motion Food* – Jewey Jacobs tinha morrido disso! –, e me deixou sóbrio ao mesmo tempo.

No entanto, por essa eu não esperava: um corredor desconhecido seguia na frente da locomotiva – mas ele não conduzia uma bicicleta especial de pneus compactos! Não usava botinas com elásticos! Sua bicicleta não rangia, só nos meus ouvidos é que ela zumbia! A corrente não fora quebrada, já que a bicicleta não tinha corrente! As pontas de uma capa preta e solta esvoaçavam atrás dele e acariciavam o esporão da locomotiva! Era o que eu imaginara ser um para-lama e as abas de uma sobrecasaca! Sua calça curta estava inchada nas coxas pela pressão dos músculos extensores! A bicicleta era um modelo de corrida diferente de qualquer um que eu há houvesse visto, com pneus microscópicos e rendimento superior ao da *quintuplette;* ele a conduzia brincando, como se realmente pedalasse no vazio. O homem estava na nossa frente: eu via sua nuca, os cabelos longos, ondulados; o cordão do pincenê – ou um cacho negro de sua cabeleira – que o vento da corrida impulsionara para trás, até os ombros. Os músculos das panturrilhas palpitavam como dois corações de albatroz.

Houve um burburinho na plataforma da locomotiva, como se alguma coisa grandiosa fosse acontecer. Arthur Gough afastou com delicadeza Miss Elson, que se debruçou para contemplar, amorosamente, parecia, o corredor desconhecido. O engenheiro parecia parlamentar asperamente com Mr. Elson, tentando persuadi-lo de alguma coisa. A voz súplice do ancião chegou a mim: "O senhor não vai dar isso para a locomotiva beber! Vai lhe fazer mal! Não é um ser humano! O senhor vai matar esse monstro!".

E, após algumas frases rápidas e ininteligíveis: "Então que seja eu a fazer o sacrifício! Que só no derradeiro momento eu dele me separe!".

Com precauções infinitas, o químico de barba branca erguia uma garrafinha contendo, soube-se depois, um rum admirável, tão velho quanto seu avô, e que ele havia reservado para beber sozinho; ele derramou esse derradeiro combustível na fornalha da locomotiva... O álcool era sem dúvida admirável: a máquina fez pschhchchh... e apagou.

Foi assim que a *quintuplette* do *Perpetual Motion Food* venceu a corrida das Dez Mil Milhas; mas nem o Cabo Gilbey, nem Sammy White, nem Georges Webb, nem Bob Rumble, nem, creio, Jewey Jacobs no outro mundo, nem eu, Ted Oxborrow, que assino por eles este relato: nós não nos consolaremos jamais de encontrar, ao chegar ao marco final – onde ninguém nos esperava, pois ninguém previra uma chegada tão rápida –, o marco coroado de rosas vermelhas, as mesmas obsessivas rosas vermelhas que nos acompanharam em todo o percurso...

Ninguém soube nos dizer o que havia acontecido com o fantástico corredor.

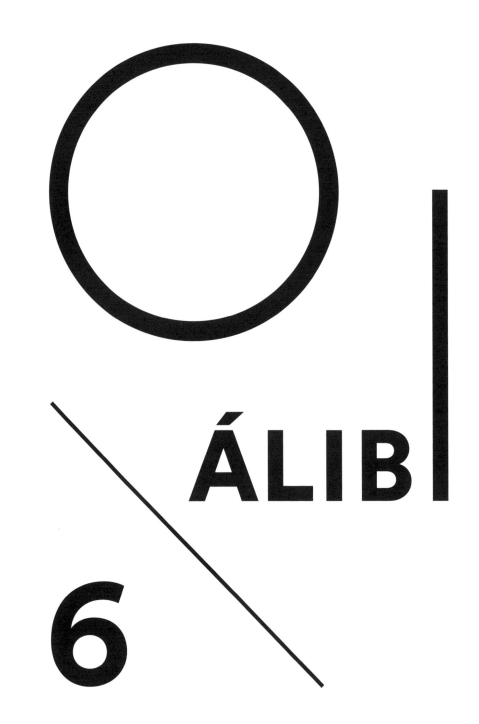

De manhã mesmo, de volta a Lurance, Marcueil mandou que levassem a um correio de Paris algumas cartas pneumáticas.
Ao dr. Bathybius:

Meu caro doutor,
Não me queira mal por meus "paradoxos": o Indiano foi encontrado. Nenhum sábio é mais digno que o senhor de ser seu Teofrasto, nem de ocupar o que o senhor outro dia chamou "uma cátedra no domínio do impossível".
Venha esta noite.

A. M.

Às sete cortesãs mais cotadas na Bolsa galante do dia, o endereço do castelo de Lurance e a hora da recepção, rabiscados numa nota de dinheiro com o traço negro de uma moeda de prata – embora fosse proibido enviar valores em correspondências pneumáticas.
Aos íntimos, mas "aos homens apenas", como se lê nos anúncios de museus estrangeiros – só aos íntimos celibatários ou viúvos, um breve convite num cartão de visita. William Elson não foi informado, pois, embora sua filha saísse sem ele, ele raramente saía sem ela. Além do mais, era de supor que naquele momento ele se recuperasse das fadigas da viagem.
As damas foram as primeiras a chegar.
E então o general.
Enfim, Bathybius.

"O que significa essa palhaçada?", foram as primeiras palavras do doutor.

Ignorando os desconfiados e descontentes meneios de cabeça do interlocutor, Marcueil lhe explicou o que esperava dele. Tratava-se simplesmente – *"simplesmente!"*, disse Bathybius – de supervisionar a tentativa que certo "Indiano" faria, no enorme salão de Lurance, de bater o recorde "celebrado por Teofrasto", de meia-noite a meia-noite. O enorme aposento, no qual se preparara um divã-leito para a ocasião, tinha sido escolhido não por suas dimensões, mas porque um pequeno cômodo vizinho dotado de uma discreta claraboia permitia que se observasse tudo o que se passava em seu interior. Nesse recinto, equipado de gabinete de toalete, Bathybius poderia ainda proceder a todas as constatações fisiológicas que julgasse necessárias para estabelecer a autenticidade da experiência.

Bathybius ficou perplexo.

"Onde está o Indiano?", perguntou por fim.

As mulheres já estavam lá, disse Marcueil; mas o Indiano só chegaria na hora da ceia. A propósito, a ceia seria cedo, às onze horas.

Após breve hesitação, o doutor aceitou se prestar ao singular papel que Marcueil lhe tinha pedido para desempenhar. Em suma, tratava-se apenas de desfrutar durante vinte e quatro horas da agradável hospitalidade de Lurance; e, quanto ao "recorde" e ao duvidoso "Indiano", ele estaria, em seu cômodo envidraçado, na primeira fila para rir do fracasso... E na primeira fila também para sem dúvida contemplar, durante vinte e quatro horas e sem muitos véus, em atitudes interessantes, as sete moças mais lindas de Paris. Ora, tratava-se de um homem já idoso.

O general irrompeu de modo brusco e cordial, como de hábito.

"Que me conta, meu jovem amigo, quais são as novas? Continua demolindo mictórios?"

Marcueil não compreendeu de imediato, depois lembrou.

"Quais mictórios? Mas não se diz *demolir* um aparelho quando se constata que ele não é bastante sólido para resistir ao uso a que se destina, meu caro!"

"Hahaha!", riu o general, a quem Bathybius pôs a par, em duas palavras, da atração da noite. "Esperemos que as pobres garotas sejam bastante sólidas."

"São sete", disse Marcueil.

Ouvindo isso, o general correu para o salão.

Eram dez horas, e André Marcueil procurava um pretexto para se esquivar e *dar lugar ao Indiano*. O acaso, ou quem sabe alguma ajuda anterior prestada ao acaso, lhe forneceu uma oportunidade.

"Senhor, alguém", disse um criado, "quer falar consigo."

Este "alguém", logo introduzido no gabinete de trabalho, era um policial.

Não um desses policiais horrorosos e bigodudos, que nos causavam pavor nos teatrinhos de fantoches da infância, mas um policial imberbe, de pequena estatura, tão pequena que poderia passar por um garoto de recados, e que rolava entre os dedos um simples quepe em vez do legendário chapéu de três bicos.

O bom garoto parecia muito embaraçado pela missão delicada.

"Diga, meu amigo", disse Marcueil, gentil – e para tornar essa gentileza mais apreciável, tocou a campainha pedindo que trouxessem bebida.

O policial provou o rum, elogiou-o com a mesma delicadeza com que elogiaria aquele que o oferecia. Desejava evidentemente captar as boas graças de Marcueil.

Ele começou: "Serviço é serviço...". Nas terras de Lurance – não de propósito, claro! –, fora encontrada uma jovem violada e morta havia seis dias, morta de maneira bem incomum: não fora primeiro violada e em seguida assassinada, como costuma acontecer, mas... Como dizer? *Fora violada até a morte.*

Expressava-se de maneira hesitante, mas muito correta e sóbria de advérbios.

"Há seis dias?", perguntou Marcueil. "A justiça é lenta... seis dias... O dia da minha partida, exatamente, pois eu fiz uma viagenzinha... acompanhei uns amigos... à estrada de ferro. Eles iam viajar... Estranha excursão! Houve outros estupros, por uma coincidência curiosa, exatamente em nosso caminho, e por acaso um assalto à mão armada, e, não se sabe como, dois assassinatos. Mas será que eu ouvi bem? Um estupro nas terras de Lurance?"

Franziu o sobrolho e tocou a campainha de novo.

"Mandem chamar o guarda-caça Mathieu."

E assim que o guarda-caça chegou: "Perdão, senhor", disse o policial, cortando a palavra ao vigia particular. "Houve, com efeito, duas armadilhas explosivas que estouraram, mesmo porque foi o juiz de paz quem descobriu o pequeno cadáver a caminho de uma visita... e de repente: bum, bum... Eis que dois tiros foram disparados e um deles feriu gravemente a perna do pobre homem."

"Mathieu, eu me enganei", disse Marcueil. "Sua vigilância e a de seus companheiros não falhou. Vou providenciar uma gratificação... Pode se retirar."

"Como vê, policial", acrescentou, "vigio muito bem minhas terras, tenho o direito de me espantar se nelas foi cometido um crime! A polícia francesa cuida do quê?"

"Queira desculpar, senhor", disse o policial, "temos oito localidades para vigiar e somos apenas cinco."

"Não estou acusando ninguém, meu amigo", condescendeu Marcueil, lhe servindo mais rum.

"O serviço é duro", o policial prosseguiu. "Ah! se eu tivesse sabido! Antes de vestir o uniforme, eu era como o seu Mathieu, vigia particular numa propriedade perto da Celle-Saint-Cloud. Como tem caça por lá! Se um dia o senhor quiser ir caçar no charco, quem sabe, uma garça..."

"Só disponho de tempo quando a temporada de caça terminou", disse Marcueil, "e nunca me ocorreu tirar uma licença."

O policial deu um gole, estalou a língua e piscou o olho.

"Temporada de caça e licença, estamos aí!", e bateu em suas divisas. "Queira desculpar minha visita... incomodar o senhor por uma bobagem dessas... O senhor compreende, são ossos do ofício!"

"Compreendo tão bem", disse Marcueil, "que mandei construir uma escada especialmente para esses ossos."

E, fazendo um gesto para o policial (que esbugalhava os olhos) se levantar, Marcueil iluminou com o candelabro em forma de pistola, sobre uma porta, os seguintes dizeres em belas letras douradas: ESCADA DE SERVIÇO.

O policial, confuso, buscou onde limpar as botas antes de descer.

"Não me agradeça", disse Marcueil, "não é ao senhor que eu homenageio, é ao uniforme. Quando me der de novo o prazer de sua visita, por favor, não se engane de porta: a que leva a esta escada, no pátio, traz em cima a mesma inscrição que o senhor acaba de ler; mas não saia sozinho, o caminho é perigoso, pelo que o senhor acaba de me dizer. Vou providenciar uma carruagem para acompanhá-lo até a delegacia."

E Marcueil voltou para o salão.

Chegou bem no momento de enfrentar as sete moças que, advertidas pelo general da estranha colaboração que delas se esperava, estavam zangadas e ameaçavam ir embora. A gélida repriminda de Marcueil as congelou onde estavam, e algumas cédulas de dinheiro a mais tiveram o dom de ressuscitar graça e sorrisos. Em poucas palavras, Marcueil anunciou que um assunto urgente o afastaria de seus convidados por algumas horas, pelo menos para a ceia, mas que por favor eles se sentissem em casa.

O general pediu explicações mais detalhadas, mas os passos de Marcueil já se perdiam no vestíbulo. Bathybius, desconfiado sem saber por quê, deslizou escadaria abaixo. Não encontrou Marcueil, mas viu quando uma carruagem partia e ouviu-a rodar; não percebeu que nela ia, glorioso e só, o policial.

Dez minutos depois, soaram as onze.

O mordomo abriu as portas da sala de jantar.

Nada do Indiano.

As sete jovens entraram, conduzidas pelos homens.

Havia uma ruiva esbelta de cabelos acobreados, quatro morenas de rosto pálido ou dourado, duas loiras – uma pequena com laços cinza no cabelo, a outra gorda com covinhas por toda parte e uma tez de esmalte.

Elas se apresentaram com prenomes pudicos – que talvez não fossem os seus, mas era como sempre se chamavam! – de Adèle, Blanche, Eupure, Herminie, Irène, Modeste e Virginie, seguidos de sobrenomes fantásticos demais para que valha a pena mencionar.

Três delas trajavam vestidos fechados até o pescoço, os mais herméticos que se possa imaginar, mas que se abriam com um único colchete, e por baixo estavam nuas; quatro, seguindo a moda do momento, vestiam peliças de motorista, sob as quais, quando delas se desembaraçaram ao entrar, mostraram-se, mais que vestidas, bordadas de rendas – invólucro diáfano que Herminie chamava, num tom apropriado para excitar os velhos, de *combinação*.

De repente, um passo rápido, ao mesmo tempo arrastado e ligeiro, deslizou no corredor.

"Aí está Marcueil", disse Bathybius. "Terá esquecido algo, ou então desistiu de partir."

"Bem a tempo", disse o general. "Vamos ao *ataque*."

A porta se abriu e o *Indiano* apareceu.

Embora a chegada fosse esperada, houve um instante de estupor.

O homem que entrava era um belo atleta de estatura mediana mas de proporções incomparáveis. Era glabro – ou perfeitamente barbeado ou depilado, o queixo pequeno, com uma covinha. Os cabelos, muito pretos, grossos e lisos, estavam puxados para trás. O peito nu revelava um sinal sob o mamilo esquerdo, e sua pele era cor de cobre escuro, mas sem brilho, como que coberta de pó-de-arroz. Enrolada em um dos ombros e na cintura, uma pele inteira de urso-cinzento, cuja cabeça enorme pendia sobre seus joelhos. Enfiados nesse cinturão tosco, um cachimbo da paz e uma machadinha de guerra. Estava de polainas e calçava mocassins em couro amarelo e macio, guarnecidos de espinhos de porco-espinho. Quando levantou um braço, observou-se sobre a epiderme de sua axila, polida com pedra-pomes, uma tatuagem azul-escura do totem da lhama.

Notaram que as axilas e as coxas tinham músculos demais e não de menos, conformação que nunca mais se viu depois do célebre levantador de peso Thomas Topham.[28]

"Que belo animal!", exclamaram espontaneamente as mulheres.

Não se referiam, é claro, à lhama grosseiramente desenhada, mas ao homem.

Somos sempre, para as garotas, um belo animal, quando mostramos um naco de carne nua.

O Indiano não disse palavra, sentou-se à mesa sem olhar para elas e, como uma pessoa normal, ou mesmo quatro, comeu.

[28] Legendário inglês do século XVIII, que exibia mundo afora sua extraordinária força.

SÓ
AS DAMAS

7

Pouco antes da meia-noite, as moças – talvez por certo pudor quanto às alusões masculinas, que por mais discretas que fossem as deixavam mais sensíveis à medida que se aproximava o momento de justificá-las, irritadas sobretudo com a impassibilidade *moicana* do Indiano – se esquivaram e se embrenharam pelos meandros do castelo. Subiram um andar e por acaso se acharam numa galeria espaçosa, a galeria dos quadros, meia altura mais alta que o hall reservado ao "recorde", com o qual se comunicara outrora, quando espetáculos eram exibidos no local. Imagine-se, no primeiro balcão de um teatro, uma galeria imensa cuja visão do palco houvesse sido murada.

Uma vez lá, quase lhes pareceu estar em casa, pois não havia mais ninguém além delas.

Como periquitos apartados da gaiola, elas puseram-se a tagarelar bisbilhotices cristalinas e deliciosamente falsas, tais como se podem imaginar as notas de instrumentos de amor que se afinam. Lá embaixo, paralelamente, violinos preludiavam.

Desnecessário dizer que elas falavam de tudo, menos daquilo que estava na cabeça de todas: o Indiano.

"Minhas queridas", dizia Blanche, "não se inventou nada de mais maravilhoso que retomar a moda de vinte anos atrás, o sistema das quatro ligas no espartilho, duas frontais e duas laterais."

"As da frente fazem a gente perder espaço e... tempo", observou Irène.

"Por mim, tudo bem", disse Blanche. "Tenho o direito de dizer que tudo bem, pois... não uso nada disso."

E levantou a saia para exibir suas meias três-quartos pretas com acabamento cor-de-rosa – levantou bem mais alto do que seria preciso.

"Você usa meias?", disse Modeste. "O... selvagem, não sei o que ele usa, parecem botas de limpadores de esgoto guarnecidas de espinhos."

"Pois é", falou Blanche. "Eu não estava pensando nisso, mas, não ria, ele é um sujeito barbaramente bonito."

"Um pouco escuro demais para o meu gosto", disse Virginie. "Devia embranquecer um pouco."

"É que ela tem o senso da lavagem muito desenvolvido!", falou Herminie. "Você vai ter uma bela oportunidade, minha cara, de desbotá-lo já, já."

"Impossível embranquecer os negros", insistiu Eupure.

"Como, já? Depois de você", disse Virginie, "e se sobrar alguma coisa! Pois, como me disse o general, parece que nós devemos *nos submeter* em ordem alfabética."

"Se sobrar o quê?", perguntou Adèle. "Um pouco de cor?"

"Sou a segunda", constatou Blanche. "O que para mim talvez signifique mera sinecura."

"Que história ridícula! Não vai dar certo", falou Irène.

"Cumprimentos à *primeira* noiva", disseram as seis a Adèle, em meio a grandes reverências.

Um sussurro correu pelas escadas.

"Psiu, estão subindo", Adèle murmurou.

"Deve ser ele", disse Virginie. "Ainda bem que veio quebrar o gelo, só abriu a boca para jantar."

"Tem belos dentes, em geral só deve mastigar caco de vidro", falou Herminie.

"Vidro moído, se ele faz o que dizem", Irène corrigiu.

"Psiu!", Adèle soprou.

O mesmo passo leve e rápido que anunciara a chegada do Indiano, até mais leve e mais rápido agora, se aproximou. Algo como um corpo nu ou um tecido sedoso roçou a porta.

"Sua pele de urso soa como um vestido", disse Blanche.

"Eles se vestem como mulheres, naquele país dele..."

"E bem mais decotados", sussurraram algumas vozes.

Mexeram na fechadura. As mulheres se calaram.

A porta não se abriu. Os passos tornaram a descer. Ouviu-se um trote de calcanhares e o abafar de uma explosão de riso, bizarramente cristalina.

"Mas o que é que é isso?", uma das mulheres disse. "Esse selvagem não tem educação."

"É um tímido... Ei, Joseph! Esqueceu sua pele de urso."

"Não é de muita serventia", explicou Virginie, que gostava de se mostrar educada.

"No entanto ele remunerou como um rei negro", disse uma outra, "ou o seu treinador remunerou por ele."

"Que horror!", várias disseram. "Mas de fato ele foi muito chique."

"Talvez tenha vindo nos avisar que é quase meia-noite. Que tal descer, meninas?"

"Vamos lá!", disseram todas, apanhando os chapéus atirados sobre os móveis.

"Me ajude, Virginie", disse Adèle. "A porta está dura de..."

Uma a uma todas tentaram abrir, depois tentaram juntas...

Por mais absurdo que fosse, elas estavam presas!

"Isso é idiota", disse Virginie. "Esse selvagem que não fala francês jamais deve ter visto uma fechadura: girou a chave ao contrário. Ele pensou que estivesse abrindo."

"Precisamos chamar alguém", disse Modeste.

Vozes, ainda não assustadas, gritaram: "Ei! Senhor! Selvagem! Iroquês! Querido!".

Soou meia-noite. O relógio devia se encontrar exatamente em cima da galeria, pois suas batidas ocuparam o vasto salão, o lustre balançou, as molduras tremeram e um vitral, perto do teto, vibrou.

"Eles virão nos procurar", falou Adèle. "Vamos esperar."

"Você deve estar com pressa, já que vai ser a primeira; nós temos bastante tempo", disse Blanche.

Numa espera entrecortada de pequenas crises nervosas, ouviram soar meia-noite e quinze, e meia, e quarenta e cinco, e uma hora.

"O que será que estão aprontando lá embaixo?", disse Modeste. "Eles com certeza nos ouviram, pois nós ouvimos a música deles perfeitamente!"

De fato, a intervalos regulares as notas mais altas subiam, qual campanários que despontam na neblina.

Mais uma vez elas gritaram, até ficarem vermelhas e se debulharem em lágrimas.

"Vamos nos distrair", disse Adèle, que queria parecer calma e começou a passear diante dos quadros. "Senhoras, estamos aqui no Louvre: este cavalheiro que porta uma peruca branca e um grande sabre representa…"

"Representa?…", perguntou Irène.

"Nem sei mais!", e Adèle pôs-se a chorar.

Os quadros exalavam uma paternidade de velhos senhores que acabam de castigar as filhas. Não manifestavam nenhuma impaciência em sair de suas molduras. Na idade deles, não se tem mais pressa.

Uma das jovens se atirou contra a porta, alta e revestida de uma lâmina de ferro, e tamborilou.

Como que desencadeadas pelas pancadas de seus punhos frágeis, soaram as badaladas das duas horas e quarenta e cinco.

"M…!", disse Virginie. "Eu vou dormir!"

Deitou-se sobre um aparador dourado, com os pés para fora, os cotovelos atrás da cabeça e os seios voltados para cima.

Blanche a observava de longe, sentada sobre um baú, dissimulando as mãos sob a saia, as pernas balançando.

"Senhoras", disse Blanche, e hesitou… "Está me parecendo que eles podem passar perfeitamente sem nós. Talvez *ele* precise de outras… Quem sabe *eles* já começaram!"

"Cuidado com o que diz, querida!", gritou a grande Irène, em pé e furiosa. Nem ela mesma soube como, para calar a outra, cerrou-lhe a boca com a sua.

Modeste, depois de ter dado uma volta pela galeria, aos soluços, lançou sua figura desolada sobre os seios de Virginie. Quando se levantou, via-se sobre o colete um círculo úmido, agora transparente, e que deixava entrever uma ponta rosada – um círculo que não fora feito com lágrimas.

"Faz muito calor", disse Irène, e voaram rendas. "De agora em diante, que os homens não abram mais a porta, estou em trajes menores."

"Desnude-se, então", disse Eupure.

E a mão de Eupure a segurou pela nuca.

E foi assim que, pouco a pouco, os soluços se transformaram em suspiros e as bocas fustigaram outras realidades além de lencinhos encharcados de lágrimas. Pontapés furiosos sobre o tapete se calaram, pois agora os pés estavam nus.

Num canto, Virginie, sem vergonha, já que não era possível sair, improvisava um murmúrio de fonte sobre a tapeçaria.

Somente mais tarde, pouco antes das três horas, a luz elétrica se apagou. Foi como se os velhos dos retratos tivessem se retirado sem fazer barulho... mas as mãos tateantes não achavam porta alguma!

Em busca de uma saída, elas se esfregavam numa boca ou em um sexo.

Depois a alvorada se fez azul e respingou de arrepios os corpos úmidos.

Então, do alto do vitral perto do teto, o sol varreu o tapete sujo.

Deu meio-dia e repetiram-se as badaladas que inauguraram o encarceramento.

As jovens sentiram fome e sede e se estapearam.

Uma comeu um estojo de batom, outra cozinhou, com lágrimas, saliva e pó de arroz, um pão perfumado, salgado, cru e execrável.

Passou uma hora, passaram todas as horas, onze horas da noite, e a música distante picotou o silêncio, tão confusamente quanto dedos nervosos tentam achar o buraco de uma agulha.

A eletricidade não voltou.

Mas uma luz vinda da lateral e que não era a do dia se difundiu por uma vidraça fosca, bem lá em cima.

As mulheres gritaram, alegraram-se, abraçaram-se, morderam-se, subiram umas sobre as outras, escalaram mesas, deram duas ou três cambalhotas, e por fim uma mão, cheia de anéis e sangue, estourou um vidro.

As mulheres, nuas, despenteadas, sem maquiagem, esfomeadas, no cio e imundas se atiraram para a pequena janela aberta para a luz e... para o amor.

Uma grade de ferro, que impedia o acesso mas franqueava a visão, era a única separação entre a galeria e o hall do Indiano.

Embora a segunda meia-noite tivesse passado, lhes pareceu muito natural – elas só pensavam nisso durante tantas horas, e tão longas! – encontrá-lo lá.

Quanto à vestimenta, o homem vermelho só trazia uma mulher nua em cima do peito; e ela, por véu, portava apenas uma máscara de pelúcia negra.

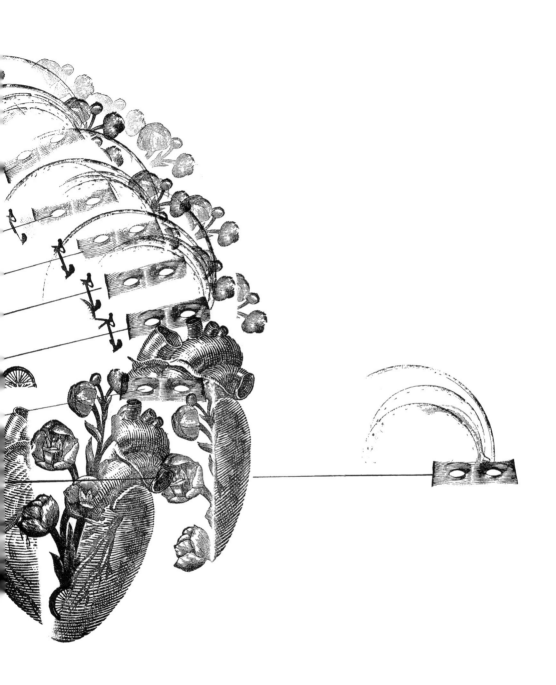

8 / o óvulo

Vinte e quatro horas antes, Bathybius se aproximara da pequena claraboia.

Do lado de dentro do gabinete, observatório do doutor, duas impostas de madeira maciça, travadas por um ferrolho, vedavam o vidro da abertura.

Ele avançou tateante e girou a ferragem com um gesto firme, com a mesma precisão que, profissionalmente, dedicaria a revolver um espéculo.

As impostas se afastaram sem barulho, qual asas de borboletas se abrindo.

A claraboia se iluminou com o fogo dourado de todas as lâmpadas do hall, e foi como se um astro despontasse no gabinete, no curto horizonte da mesa do doutor.

Diante da claridade, os olhos de Bathybius piscaram um pouco, esses olhos vagos ou mais propriamente sempre fixos em algum ponto invisível, com uma expressão que, por uma coincidência mal explicada, é compartilhada por boa parte dos grandes médicos e por alguns maníacos perigosos recolhidos para todo o sempre em algum hospício. Com suas belas mãos gorduchas de cirurgião, uma das quais ostentando pesados anéis, alisou seus papéis em branco favoritos. Pousou na mesa a folha destinada a receber suas observações, puxou a caneta, consultou o relógio e esperou.

Ainda que Bathybius soubesse perfeitamente, ponderado e sério como era, que do outro lado da janela redonda só iria observar seres humanos em atitudes as mais normais e miseravelmente humanas, ele avançou até a abertura como se aproximasse o olho da lente de um prodigioso telescópio, acionado, em sua cúpula trepidante, por relojoarias extraordinárias, e focado num mundo inexplorado.

"Vamos", ele disse, "nada de alucinações."

E, para expulsar a visão, e também para enxergar com clareza a mesa de escrever, ele instalou um abajur com uma pequena lâmpada turquesa.

No outro dia, de noite, o doutor ficou muito espantado ao encontrar, entre seus papéis – e com sua própria caligrafia, que parecia recente –, a estranha elucubração científico-lírico-filosófica que se lê a seguir. É verossímil que a tenha escrito durante os longos tempos livres que teve – a hora sem fim durante a qual os amantes, vorazmente, comeram, e as dez horas consecutivas em que dormiram. Nem é impossível que sua personalidade tenha sofrido um singular desdobramento, e que por um lado ele tenha cronometrado, controlado, analisado, registrado, verificado detalhes técnicos a cada passagem do Indiano pelo gabinete; e que, por outro lado, ele tenha transportado, generalizando-as, suas impressões nessa literatura que não lhe era costumeira:

"DEUS É INFINITAMENTE PEQUENO."

Quem diz isso? Não um homem, certamente.

Pois o homem criou Deus, pelo menos o Deus em que ele crê, ele o criou, e não foi Deus quem criou o homem (são verdades admitidas hoje); o homem criou Deus a sua imagem e semelhança, ampliadas até o máximo das dimensões que o espírito humano pode conceber.

O que não quer dizer que o Deus concebido pelo homem não tenha dimensões.

Ele é maior que qualquer dimensão, sem, porém, estar fora de toda dimensão; não é nem imaterial nem infinito. É apenas indefinido.

Essa concepção poderia ser suficiente na época um pouco anterior àquela em que os dois povos que chamamos Adão e Eva foram tentados pelos produtos manufaturados dos mercadores que tinham a Serpente por totem, e tiveram que trabalhar para adquiri-los.

Sabemos agora que há um outro Deus, o qual de fato criou o homem, reside no centro vivo de todos os homens e é a alma imortal do homem.

TEOREMA: Deus é infinitamente pequeno.

Pois para que ele seja Deus é preciso que sua Criação seja infinitamente grande. Se se contentasse com uma dimensão qualquer, limitaria sua Criação, não seria mais Aquele que Tudo criou.

Assim ele pode se glorificar com sua Bondade, seu Amor e sua Onipotência, que não se limitam a nenhuma parte do mundo. Deus está fora de toda dimensão, *lá dentro*.

É um ponto.

C. Q. D.

Sabe-se que há duas partes no homem, uma aparente e perecível, o conjunto dos órgãos a que chamamos corpo, o *soma* – e esta parte perecível compreende a "pequena agitação" que dela resulta, dita pensamento ou alma "imortal".

A outra, imperecível e microscópica, que se transmite de geração em geração desde o começo do mundo, o *germe*.

O germe é este Deus em duas pessoas, este Deus que nasce da união das duas mais ínfimas coisas vivas, as *semicélulas* que são o Espermatozoide e o Óvulo.

Habitam abismos de noite e rubra angústia, em meio às correntes – nosso sangue – que transportam glóbulos separados uns dos outros como planetas.

São dezoito milhões de rainhas, as semicélulas femininas, que esperam no fundo da caverna.

Elas penetram os mundos com seu olhar e os governam. São infinitamente deusas. Não há leis físicas para elas – elas desobedecem à lei da gravidade –, elas opõem à atração universal dos sábios suas afinidades particulares; para elas, só existe o que lhes agrada.

Em outros abismos tão formidáveis, eles estão lá, os milhões de deuses depositários da Força, que criaram Adão no primeiro dia.

Quando o deus e a deusa querem se unir, arrastam, cada um por si, um em direção ao outro, o mundo em que habitam. Homem e mulher acreditam se escolher... como se a terra tivesse a pretensão de girar de propósito!

A essa passividade de pedra que cai, o homem e a mulher chamam amor.

O deus e a deusa vão se unir... Precisam, para se encontrar, de um tempo que, segundo as medidas humanas, varia entre um segundo e duas horas...

Mais um pouco e um outro mundo será criado, um pequeno Buda pálido como coral, escondendo os olhos, tão ofuscados pela proximidade do absoluto que nunca se abriram – escondendo os olhos com sua mãozinha parecida com uma estrela...

Aí, o homem e a mulher despertam, escalam o céu e massacram os deuses, esses vermes.

O homem, nesse dia, se chama Titã ou Malthus.

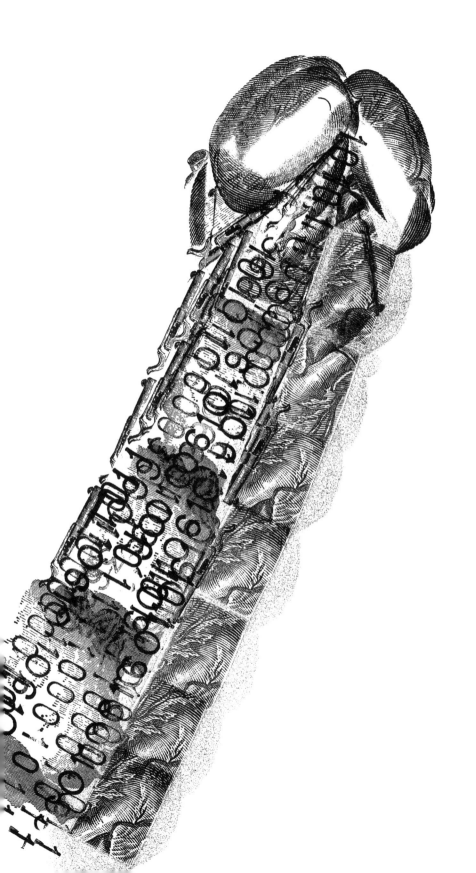

9

O INDIANO TÃO CELEBRADO POR TEOFRASTO

Adentrava-se ao hall por uma porta dupla.

O Indiano abriu a primeira e a fechou atrás de si. Ouviu, do lado de fora, o ruído do ferrolho que, acionado por Bathybius, ficaria na mesma posição pelas vinte e quatro horas seguintes. De sua parte, o Indiano travou o ferrolho interior e ainda de costas estendeu os braços para a segunda porta... Esta se abriu enquanto ele se voltava, e ele reconheceu, de pé, apoiada no batente, rosada e nua, como que transparente à luz das lâmpadas, Ellen Elson, que sorria para ele.

Junto com a barba, o pincenê e as roupas normais de todo mundo, Marcueil havia eliminado até a lembrança do mundo.

Só havia um homem e uma mulher, livres, frente a frente, por uma eternidade.

Vinte e quatro horas não eram uma eternidade para um homem que insistia que nenhum número tinha importância?

Era o *enfim sós* do homem e da mulher renunciando a tudo para se recolher nos braços um do outro.

"Será possível?", suspiraram as duas bocas, e não disseram mais nada ao se unirem.

Mas a ironia fria não desistia de seus direitos sobre Marcueil, pulverizado com pó de arroz dourado e maquiado como Indiano, no fundo tão ridículo – ele percebeu de repente – quanto o Marcueil homem da *sociedade*.

"Enfim sós!", ele zombou com amargura, afastando Ellen. "E essas sete jovens que vão chegar, e esse doutor que vai ficar olhando?"

Ellen zombou, por sua vez, com um riso dissonante de prostituta bêbada, o mais belo dos risos.

"Suas mulheres, ei-las! Aqui está *(ela atirou no peito do Indiano um objeto, gelado como uma arma branca, que apanhou sobre o leito)* a chave do seu cofre-forte de mulheres! Ele está bem trancado! Eu as guardo para você e elas estão bem guardadas. Mas elas são minhas, pois você é meu! 'Quantas você é?', me perguntou um dia um pequeno senhor descalço, envolto numa bata de monge. É muito simples: EU SOU SETE! É bastante para você, meu Indiano?"

"É loucura!", disse Marcueil, que, entre outros infinitos, parecia disposto a esgotar o da frieza. "Este doutor, que vai *ver*... ele vai reconhecer você."

"Aqui está minha máscara", disse Ellen.

"Belo disfarce! Sua máscara de motorista, como se muitas mulheres usassem uma e não se soubesse que Miss Elson é uma motorista contumaz! Que todo mundo viu. Desse modo, será ainda mais fácil para Bathybius reconhecer você, é simples."

"Minhas máscaras são cor-de-rosa, e esta é negra!"

"Isso é uma lógica... de mulher."

"Então... ela não vale nada? Ouça, é a máscara de uma das suas mulheres, quatro delas a usam, está na moda... Além disso...

Ah!... E além disso, é perfeito para um médico! E mais: é a máscara de uma de suas mulheres, você vai gostar, vai pensar que está abraçando o corpo dela... e eu posso fantasiar que cortei sua cabeça... Além do mais... eu não sou realmente uma rapariga, você não vai querer que eu fique completamente nua!"

Seu rosto desapareceu sob o veludo negro. Seus olhos e dentes brilharam.

Um segundo depois ouviu-se um clique, e os cabelos brancos de Bathybius tingiram de neve uma pequena vidraça no fim da sala.

"Vamos lá, Indiano", brincou Ellen, "a Ciência observa, a Ciência com um grande C, ou melhor, pois ainda não é importante o suficiente: a CIÊNCIA com um grande CETRO..."

Marcueil, sempre frio: "Tem certeza, depois de tudo, que eu sou o *Indiano*? Talvez eu o seja... *depois*."

"Não sei", disse Ellen, "não sei de nada, pode ser e depois não ser mais... você vai ser *mais* que o Indiano."

"E MAIS?", Marcueil divagou. "O que quer dizer isso? É como a sombra fugitiva na corrida... *E mais,* isso não é mais fixo, recua mais longe que o infinito, é inalcançável, um fantasma..."

"Você era a Sombra", disse Ellen.

E ele a abraçou, maquinalmente, para se apoiar em algo palpável.

De um vaso de vidro, sobre uma mesa, emanava o perfume de algumas rosas, ainda não murchas, do *Moto Perpétuo*.

Como folhas de louros trançadas numa coroa, palpitando ao vento, o nome deste ser que ia se revelar *além do Indiano* esvoaçou e se delineou com exatidão diante dos olhos de Marcueil: "O SUPERMACHO".

O relógio anunciou meia-noite e Ellen escutou as badaladas:

"Pronto?... Então... é com você, meu senhor."

E caíram um contra o outro, os dentes se bateram e o côncavo de seus peitos – ambos tinham a mesma altura – fez uma ventosa e retiniu.

Começaram a se amar, e foi como a partida para uma expedição longínqua, uma grande viagem de núpcias que não percorria cidades mas o Amor todo.

Quando se uniram pela primeira vez, Ellen se segurou para não gritar, e seu rosto se contraiu. Para abafar seu agudo sofrimento, precisava morder alguma coisa, e mordeu o lábio do Indiano. Marcueil tinha razão ao dizer que para certos homens todas as mulheres são virgens, e Ellen provou isso na carne, mas não gritou, embora ferida.

Separaram-se no momento preciso em que outros se agarram mais apertado, já que os dois só pensavam em si mesmos e não queriam dar origem a outras vidas.

Quando se é jovem, a que isso serviria? São preocupações que nos assaltam – ou cessam de nos assaltar – no fim da velhice, depois do testamento, no leito de morte.

O segundo enlace, mais longamente saboreado, foi como a releitura de um livro adorado.

Só depois de muitos encontros Ellen pôde perceber algum prazer no fundo dos olhos faiscantes e frios do Indiano... ela pensou compreender que ele estava feliz com o fato de ela estar feliz a ponto de sofrer.

"Sádico!", ela disse.

Marcueil explodiu num riso franco. Ele não era desses que batem em mulher. Alguma coisa nele já era bastante dolorosa para elas, não era necessário acrescentar mais nada.

Continuaram, e cada um dos enlaces fez uma escala num país diferente onde descobriam alguma coisa e sempre uma coisa melhor.

Ellen parecia decidida a ser feliz mais amiúde que o amante e a chegar antes dele ao limite estabelecido por Teofrasto.

O Indiano aprofundava nela fontes de prazer angustiado, que amante algum já havia atingido.

Ao gozar pela DÉCIMA vez, ela pulou da cama com agilidade e voltou com uma graciosa caixinha de tartaruga apanhada no vestiário.

"Na DÉCIMA, você, meu senhor, disse que é preciso aliviar os ferimentos com certos bálsamos... Este aqui é um excelente bálsamo destilado na Palestina..."

"Sim, *a sombra rangia*", murmurou Marcueil. E retificou com doçura: "Na DÉCIMA PRIMEIRA. Mais tarde".

"Agora mesmo", Ellen falou.

As forças humanas foram superadas, como, de um vagão, veem-se desaparecer as paisagens familiares dos arredores.

Ellen revelou-se uma cortesã esperta, mas era tão natural! O Indiano parecia um ídolo talhado num material desconhecido e puro, do qual cada parte que se acariciava era a mais pura.

O final da noite e a manhã toda, os amantes não tiveram hora de repouso nem de repasto; dormiam ou estavam acordados, não poderiam dizer; beliscavam bolos e pratos frios; e beber – no mesmo cálice – era apenas uma das mil variantes de suas carícias.

Ao meio-dia – o Indiano quase alcançara o número de Teofrasto e Ellen já o tinha ultrapassado havia muito –, Ellen se queixou um pouco.

"Estou com tanto calor!", ela falou caminhando pela sala, as mãos sobre os seios empinados. "Não estou nua o bastante. Será que posso tirar essa coisa do rosto?"

Os olhos do doutor espiavam, atrás do vidro.

"Quando vamos tirá-la?", Ellen repetiu.

"Quando a substância dos seus olhos transbordar a máscara", Marcueil respondeu.

"Vamos transbordar logo", Ellen gemeu.

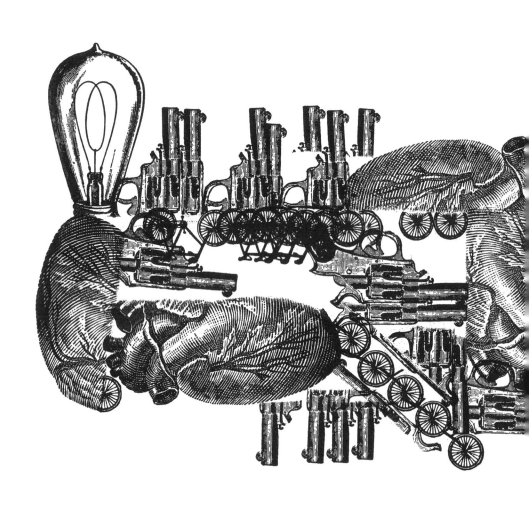

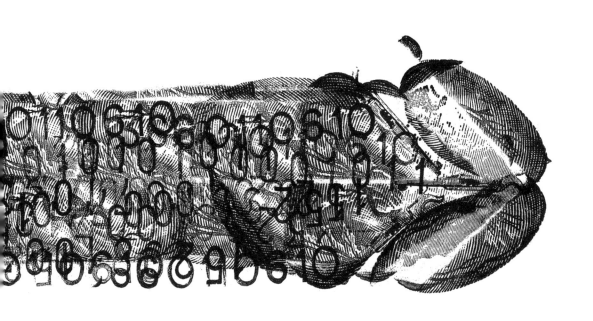

Ele a apanhou em seus braços, onde ela ficou como um casaco de pele enrodilhado; colocou-a de novo na cama como uma criança, esticou-a, atirou-lhe a pele de urso sobre os pés, contando, com uma pedanteria cômica, para fazê-la rir: "Aristóteles diz em seus *Problemas:* Por que será que pés frios não ajudam a fazer amor?".

Recitou-lhe fábulas de Florian:[29] "Uma macaquinha colheu / A noz de seu coco verde...".

De repente, deram-se conta de que estavam com fome.

Cambalearam até a pantagruélica mesa e comeram como pobres num sopão popular, pobres que tivessem perfurado as entranhas com aperitivos de milionário.

O Indiano devorou todas as carnes malpassadas, e Ellen toda a *pâtisserie*; mas ele não bebeu todo o champanhe, pois ela arrebatou a espuma do primeiro copo de cada garrafa. A mulher a mordia como se trincasse suspiros.

E beijava o amante depois: assim, por sobre a maquiagem vermelha, ele recebeu uma camada de açúcar por todo o corpo.

A seguir se amaram duas vezes... tinham tempo: ainda não eram duas horas da tarde.

Depois adormeceram: ora, às onze e vinte e sete da noite, eles ainda dormiam, como se estivessem mortos.

O doutor, balançando a cabeça e prestes a desabar, registrou o total atingido: setenta.

E guardou a caneta.

O número de Teofrasto tinha sido igualado, mas não superado.

Às onze e vinte e oito, Marcueil acordou, ou melhor, aquilo que nele constituía o Indiano acordou primeiro.

Sob seu abraço, Ellen gritou com muita dor, levantou-se cambaleando um pouco, uma das mãos na garganta, a outra no sexo; seus olhos farejaram em volta, como um doente busca um remédio ou um viciado em éter, o seu Lete[30]...

---

[29] Referência a Jean-Pierre Claris de Florian (1755-94), escritor francês conhecido por suas fábulas, que só perdem em prestígio para as de La Fontaine. A fábula mencionada, porém, é de Félix María Samaniego (1745-1801), renomado fabulista espanhol.

[30] Segundo a mitologia grega, quem bebesse a água do Lete, um dos rios do Hades, se esqueceria de tudo.

Depois voltou a cair na cama: sua respiração, através dos dentes cerrados, repercutia o mesmo imperceptível borbulhar que produzem os caranguejos, esses bichos que cantarolam talvez o que tentam se lembrar do canto das sereias…

Tateando sempre com todo o corpo em direção ao esquecimento da queimadura profunda, sua boca encontrou a boca do Indiano…

E ela não lembrou mais de nenhuma dor.

Restavam-lhes, antes da meia-noite, trinta minutos, um tempo que lhes bastava para reviver mais uma vez, contando essa etapa precedente, o percurso conhecido das forças humanas…

Oitenta e dois, registrou Bathybius.

Quando terminaram, Ellen sentou-se, arrumou os cabelos e fixou no amante seus olhos hostis:

"Isso não foi nem um pouco divertido", ela falou.

O homem pegou um leque, abriu-o pela metade e bateu na cara dela.

A mulher saltou, tirou da cabeleira um grampo pontiagudo, e numa vingança imediata mirou os olhos de Marcueil que brilhavam na altura dos seus.

Marcueil deixou agir sua força: seus olhos se defenderam sozinhos.

Sob seu olhar de hipnotizador, a mulher adormeceu, cataléptica, no momento em que deixou cair a arma.

O braço que se prolongava com o aço ficou na horizontal.

Então Marcueil pousou o indicador entre as sobrancelhas de Ellen e a acordou, pois estava na hora.

10

QUEM É VOCÊ,, SER HUMANO?

Uma coisinha de nada tilintou, como a ponta de ferro de uma muleta cutuca a calçada e soa; uma coisinha de nada: a meia-noite esgotava suas dozes badaladas no relógio vetusto de Lurance.

Esse ruído terrestre reanimou Ellen, que adormecia de novo, agora de um sono natural. Ela contou os lamentos do relógio: "Hahaha! *As forças humanas!*", zombou, um pouco aborrecida por ser incomodada por uma intrusão tão sem importância, e teve convulsões de riso e voltou a dormir retorcida em sua risada.

A porta se abria.

Em seu umbral, o doutor.

Bathybius hesitou alguns segundos, aturdido pelo cheiro de amor e cego pela absoluta brancura de todas as lâmpadas elétricas acesas na imensa sala, como todas as velas de um altar preparado para núpcias prodigiosas.

A mulher mascarada, os seios empinados, dedos e calcanhares voltados para dentro e levemente trêmulos, a mulher cujo riso, em seu sonho, se transformava num ronco muito doce, jazia atravessada sobre a pele de urso…

A forma escarlate, nua, musculosa e obscena do Indiano saltou em direção a essa criatura vestida, grisalha e com barba simiesca, que varava a porta sem compreender que limites invadia.

E o Supermacho, com um rugido de fera perturbada em seu covil, cumprimentou Bathybius com a mesma frase (não havia outra a dizer) com que o Trovão-Tronitruante, nas *Mil e uma noites,* recebe a embaixada do vizir: "Quem é você, ser humano?".

A multidão formigava pelas galerias, e bem no final do último salão, minúsculos, homens, tocadores de instrumentos, estridulavam como grilos numa caixa.

11E+
11

O Indiano nu e pintado de vermelho foi carregado numa barafunda avassaladora, daquelas com que se aclama um campeão, um ator ou um rei.

Lá embaixo, no final da fila iluminada de salões, arcos de violino se exauriam para que de suas cordas espirrasse alguma coisa como o *Te Deum* do amor exasperado.

Uma veste negra estampada com um jardim de flores exuberantes e malcuidadas – pois, como erva daninha, aí se insinuava a medalha do Mérito Agrícola – apressou-se até Marcueil, que, sob o abrigo de sua falsa epiderme de pele-vermelha, reconheceu Saint-Jurieu.

"Baixa demografia são meras palavras", choramingava de admiração o senador.

"Palavras, palavras", cantarolava o general.

"A pátria pode contar todos os dias com uma centena de defensores a mais", todos gritaram em uníssono.

"Oitenta e dois somente", retificou gaguejando Bathybius. "Mas quando o Indiano se dignar a prestar-se a isso, será, em vinte e quatro horas, supondo-se SEIS por hora: cento e quarenta e quatro."

"Uma grosa",[31] resumiu Saint-Jurieu.

"Nem precisaria tanto", disse o general.

"E este número pode ser multiplicado tanto quanto se queira pela fecundação artificial", continuou o doutor, que estava se empolgando. "E isso sem precisar sequer da presença de..."

"O autor do qual o senhor é o editor, caro doutor!", algumas vozes zombaram.

"Reservo-me uma tiragem à parte", disse cinicamente Henriette Cyne, que tinha entrado não se sabe como.

Em resposta a todos esses discursos, disse, com um tranquilo sinal de cabeça: "Não".

"O que é que ele está dizendo?", resmungou o general. "Que ele não quer fazer nenês? Então, quem vai fazer?"

O Indiano, sempre impassível e mudo, passeou os olhos ao redor, levantou o indicador e pousou-o sobre o peito constelado de Saint-Jurieu.

"São sempre aqueles que não podem os que tentam", interpretou, filosófica, Henriette Cyne.

E o Indiano se esquivou, inquieto com o incógnito de Ellen, que poderia não ser respeitado. Correu para o hall, cuja porta ele havia fechado.

Mal entrou, um corpo esguio, ainda morno de seus braços, o envolveu e o derrubou sobre o leito de pele.

[31] Em francês, a palavra *grosse* significa tanto "grosa" (doze dúzias) como "grávida".

E o sopro da garota sussurrou, num beijo que fez sua orelha zumbir:

"Por fim, quitamos essa aposta, essa de agradar… o sr. Teofrasto! Que tal pensar em nós agora? *Ainda não fizemos amor… pelo prazer!*"

Ela havia trancado os dois ferrolhos.

De repente, perto do teto, um vidro quebrou e os estilhaços choveram sobre o tapete.

12

Ó BELO ROUXINOL

OL
OL
OL
OL
OL
OL
OL
OL
OL
OL
OL

Justo naquele momento as mulheres quebravam os vitrais. No começo os cacos tiniram, depois foram sorvidos pelos fios do tapete, que abafou o som – como uma explosão de riso é interrompida quando se percebe que soa falsa.

"Aí, os pombinhos", disse Virginie, por fim.

"Ainda não acabaram, desde anteontem?", Irène perguntou.

"Eles mesmo dizem que nem começaram ainda", Eupure zombou.

"Estavam nos esperando?", disse Modeste.

Elas se acotovelaram por trás da grade de ferro, mas André e Ellen só lhes podiam ver a parte de cima do rosto.

"Não há meio de fazê-las calar a boca?", rosnou o Supermacho. "Esconda-se", ele ordenou a Ellen.

"Para mim, tanto faz que elas nos vejam, desde que você só veja o rosto delas", Ellen falou. "Além disso, estou com minha máscara."

Como uma rainha abriria com orgulho o único cofre de diamantes reais, ela separou os braços do Indiano, que, abraçando-a, escondiam um pouco suas espáduas.

Depois fez o gesto só permitido às soberanas: ela se pôs de joelhos diante do homem.

Apenas as moças, nascidas serventes, se acreditam obrigadas a justificar seus préstimos com uma tarefa suplementar.

Ellen acariciava Marcueil com paixão. Sua boca, que mordia, se ressentia do homem que ainda não se esgotara. Então ele não amava sua amante, já que ainda não havia ainda se dado por completo, se dado até não poder mais dar!

O Indiano desfaleceu várias vezes, às vezes passivo como um homem, às vezes como uma mulher...

Com certeza era a realização do que Teofrasto dizia com: "E mais".

As imprecações das moças flutuavam sobre eles como um dossel.

No começo os amantes acharam graça, depois se exasperaram. Marcueil levantou, apanhou um vaso de porcelana japonesa e ameaçou lançá-lo contra a janela. Mas ele caiu em si: não estava em sua casa, já que era o *Indiano*.

"É preciso fazer barulho para fazê-las calar a boca", ele falou. "Ah, se eu tivesse uma corneta de caça!"

Seus olhos percorreram a grande mesa atulhada de coisas onde ele recolocara o vaso de porcelana.

E de repente, com a decisão brusca de um homem atacado que carrega um revólver, ele apanhou um objeto cilíndrico na gaveta.

Lá em cima, vozes se espantaram.

"Brincadeira tem hora, senhor selvagem", gritou Virginie, que não podia sair de onde estava, pois, como fora a primeira a chegar, a pressão das companheiras a imobilizava.

"Não tenham medo", Ellen respondeu, agarrando André com um gesto de um despudor trágico. "Não tenham medo, senhoras, ele está seguro!"

André se desvencilhou, ergueu os ombros e parecia dar corda, com uma chavinha, a uma espécie de caixa com uma corola de cristal, a mesma na qual, sem água, haviam sido atirados os botões de rosas e que parecia inclinada apenas pelo peso das flores; e um fonógrafo com alto-falante, que ocupava o centro da mesa onde eles haviam comido, lançou de sua corneta, bizarramente entupida de perfumes e cores, um canto poderoso que encheu o hall.

"Bravo", disse ainda Virginie.

Não se ouviu a palavra, mas deu para ver o gesto de suas mãos gordas que, com ironia, se esforçavam para aplaudir sem largar a grade em que se apoiavam.

"Por que não", e ela gritou a plenos pulmões para se sobrepor ao mugido de órgão do enorme instrumento, "um cinematógrafo?"

Os lábios das moças resmungavam, mas agora suas vozes estavam abafadas.

Tivessem ouvido ou não a frase de Virginie, André e Ellen estavam dispostos a atender à solicitação por meio de alguma atitude teatral; o Indiano, tendo apanhado uma rosa vermelha do buquê, ofereceu-a, com uma ternura que se comprazia em simular solenidade, à mulher mascarada sobre o divã; depois uniram suas bocas por um minuto, despreocupados com as testemunhas doravante incapazes de perturbá-los; e se deixaram embalar pela ampla vibração da música.

André havia posto no fonógrafo um rolo ao acaso; e quando voltou para o lado de Ellen para depor sobre sua carne de marfim jovem a rosa vermelha que parecia um pedaço arrancado de sua epiderme de pele-vermelha, inteirinho cor de boca, o instrumento iniciava uma velha canção popular.

Embora André Marcueil não ignorasse que a canção fosse muito conhecida e publicada em muitas coletâneas de folclore, ele estremeceu com desagrado diante da curiosa coincidência entre seu gesto e os primeiros versos:

Eu colhi-i uma rosa
Para a minha ami-i-ga,
Ó meu lindo rouxinol!

Ellen deu um grito, escondeu a cabeça sob o braço de Marcueil, depois a levantou, olhou o amante nos olhos com um ar que significava claramente, apesar da máscara: "Eis aí uma coisa extraordinária, mas se foi você quem fez, eu não me espanto mais".

André se recobrou, dissimulando qualquer perturbação, e ela se pôs a rir com todo o prazer; mas num segundo exame da fisionomia de Marcueil, por rápido que tenha sido, ela vislumbrou uma nuvem que julgou poder explicar.

"Você não vai ficar com ciúmes, meu senhor", ela disse, "que essa corneta de vidro se gabe de me oferecer flores? Ela tem razão, querido, eram dela. Está lhe dando lições de galanteria."

E, como conhecia a linguagem vulgar, ela enfatizou: "Cliente com bala na agulha, não é assim que se diz?".

O instrumento tinha repetido, durante esse tempo:

Eu colhi-i uma rosa
Para a minha ami-i-ga.

Depois ele produziu uma espécie de trinado macabro, um interminável krr..., como que repreendendo a jovem por sua linguagem livre, ou apenas limpando a voz; mas era apenas uma pausa antes da segunda estrofe:

A rosa que eu te ofereço
Que meus segredos reve-e-lem,
   Meu lindo rouxinol!

A rosa que eu te ofereço
Que meus segredos reve-e-lem.

A corneta de cristal vibrou, prolongando suas duas últimas sílabas como um apelo que morre: *"El-le-n!"*.

Parecia, com as flores restantes, um grande monóculo para ciclope malvado que olhava os amantes, ou um bacamarte de salteador atravessado no caminho de seu amor, ou, e isso era ainda pior, a casa do botão na lapela de um velho senhor muito chique, florida com toda uma reserva de coisas sangrentas que iam "revelar segredos".

No primeiro rodopio
A bela mudou de co-o-r
Meu lindo rouxinol!

"No primeiro?", disse Ellen, que mudou de cor, ruborizada. "Esse vaso tardou em tirar dos olhos os caules das flores, se só agora nos descobriu…"

"Todo rodopio é sempre o primeiro", o Indiano falou.

Ellen não respondeu, pois começaram a fazer amor.

O velho cavalheiro com monóculo de cristal era um voyeur bem mais indiscreto que Bathybius, pois recomeçou – sem esperar e ao que tudo indica observando-os – com sua voz trêmula:

… nol
ol ol ol ol
Krrr…
No primeiro rodopio
A bela mudou de co-o-r

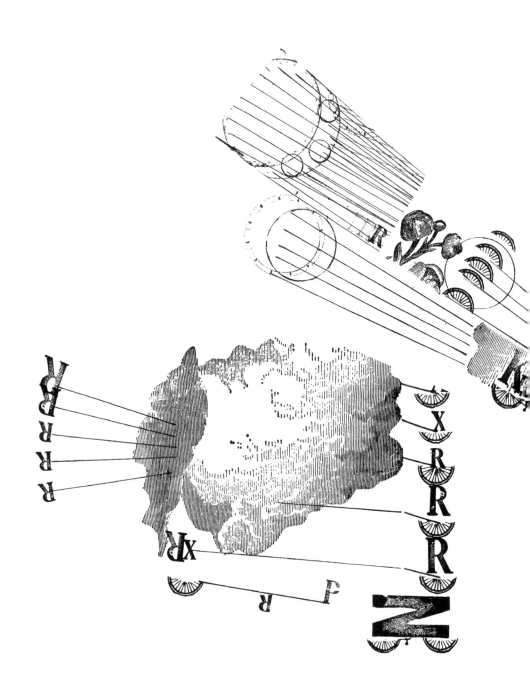

Ele tinha uma maneira extremamente cômica, aspirada e súbita de dizer "...o ...orr".

Era um soluço, uma contração, e um jogo de palavras: *odor.*

Depois, ele fez: krrr..., e esperou, como um simples Bathybius. O instrumento havia imposto um silêncio definitivo às mulheres lá em cima e, com seu monóculo ligeiramente claudicante, continuou – nem Ellen nem André achavam mais absurdo que qualquer outra coisa humana ou sobre-humana esse monóculo florido:

No segundo rodopio...

Sem mais, e como que por um erotismo sugerido, hipnotizado, André e Ellen obedeceram.

A bela muda com do-o-or
    Meu lindo rouxinoll
        ol... ol... ol...
No segundo rodopio
A bela muda com do-o-r.

Ouvia-se: *hor-rol,* alguma coisa como um barbarismo inquietante. No momento em que o ser florido fez krr, a cabeça de Ellen girou com um discreto ronronar que não de amor, e o Supermacho sentiu a sua girar agitando estas associações de ideias insanas e estas palavras inabituais:

"... horrol...
amorrol,"

"Rimas. Horrol, tudo bem, não é HORRENDO, é como formol. Mas há erro, de qualquer forma, ninguém diz *ácido hórrico*..."[32]

---

[32] Em matéria de inventividade de linguagem e fantasia verbal, esta passagem da canção no fonógrafo é um prodígio. Enquanto as frases da canção gravada vão dirigindo a ação romanesca, há toda uma reverberação de trocadilhos significativos entre o que o fonógrafo diz e os ecos silábicos na mente de Marcueil/Ellen/Jarry – ele, eles, ela, Ellen. Marcueil ouve o nome de Ellen, no "revelem" da canção (em francês, "nouve-el-le"). A partir daí, pira-se num labirinto de "eur", "heureux", "horreur", até o ácido hórico, num périplo de virtuose pelos pélagos do inconsciente e do significante. [N.T.]

"Estou meio bêbada", murmurou Ellen ao mesmo tempo. "Estou me sentindo tão mal!"

E no meio desta loucura ele compreendeu, num clarão de lucidez, que se não calasse – como calara as moças – sem demora, de debaixo na mesa, essa voz imperiosa que era senhora de seus sentidos hiperestesiados, de sua medula e quase de seu cérebro, a ele ainda tocaria possuir, e seu sexo não poderia ficar sem possuí-la, a mulher que estava morrendo e seus braços não largavam.

Bem que ele podia tê-la matado agora, com algumas facadas, para não ser forçado a fazê-la sofrer de outra forma. Os olhos estavam fechados, e uma pequena lágrima os entreabria para sair, molhando a máscara. Dir-se-ia que era a máscara que chorava. Os seios erigiam um gozo ou um sofrimento que não era mais terrestre. André quis se levantar para desligar ou quebrar o fonógrafo, apanhar a caixa de porcelana e esmagar a corneta de vidro. Viu, surpreso de só se lembrar deles muito tarde, ao alcance de seu braço, ao lado do leito, os acessórios de sua fantasia de Indiano de opereta. Lançou a machadinha, que, é claro, não sabia atirar e cuja lâmina cega bateu no espaldar de uma cadeira, para eterno desprezo de todos os romances de Fenimore Cooper; atirou em seguida uma pantufa de Ellen, que foi um projétil mais mortífero: a pantufa bateu na borda da corola de cristal, que vibrou sem quebrar nem virar, e varreu também as últimas rosas, que caíram. Tudo isso que acabamos de narrar tão longamente se passou durante o *lá-sol* que correspondia às duas sílabas *o-or*.

A corneta do fonógrafo agora era a garganta reluzente de uma serpente ameaçadora que não se escondia mais sob as flores; e André, fascinado, teve que obedecer à ordem, e seu sexo, como ele, também precisou obedecer: o monstro ordenou com voz límpida e irradiante:

No terceiro rodopio...
A bela tomba mo-or-ta,
    Meu lindo rouxinol!
No terceiro rodopio,
A bela tomba mor...

André não ouviu o soluço final: um grito fortíssimo e superagudo, feito de sete gritos, havia soado na galeria das mulheres, cujos rostos abandonaram precipitadamente a janela. André, quebrado o encanto, levantou-se, sem obedecer até o fim o impulso maníaco... O fonógrafo fez um último krr e parou. Foi como se fosse disparar de um relógio-despertador, embora ainda não fosse o fim do sonho. A alvorada azul e fria do segundo dia em que eles estavam ali deixou cair, das altas janelas do hall, seu sudário sobre o divã. Ellen não respirava mais, seu coração não mais batia, seus pés e mãos estavam tão gelados quanto a alvorada.

Uma nova barafunda de reminiscências barrocas tagarelou no cérebro desamparado do Supermacho: "Por que, diz Aristóteles em seus *Problemas,* não convém ao ato sexual ter os pés frios?".

Depois ele achou graça meio contra a vontade, embora um eu obscuro lhe sussurrasse lá dentro que era melhor chorar; daí ele chorou, embora um outro eu, que parecia alimentar um ódio particular contra o eu precedente, lhe explicasse copiosamente, se bem que por um instante, que a hora era perfeita para morrer de rir. A seguir ele rolou pelo chão por toda a extensão do hall. Seu corpo nu encontrou sobre as lajes um pequeno retângulo de superfície aveludada e macia. Espantou-se, até acreditar que estava enlouquecendo, que a pele de urso que lhe servia de tapete parecesse tão pequena.

Era a máscara de Ellen, que caíra durante a agonia.

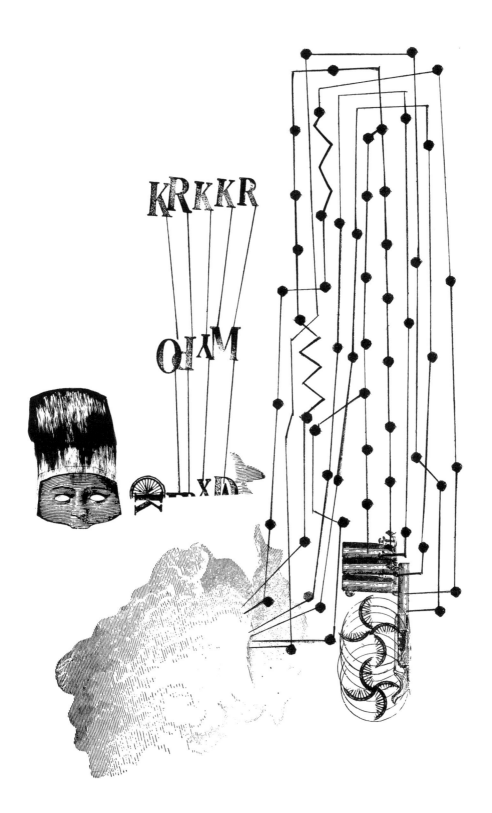

A DESCOBERTA
DA MULHER

13
13
13
13

Sua máscara havia caído...

Ellen estava completamente nua.

Salvo o espaço da máscara, ele a possuíra inteirinha nos últimos dois dias...

Sem a máscara, ele a havia visto muitas vezes, anteriores a esses dois dias; mas o tempo se mede conforme os acontecimentos que o preenchem e o distendem. O minuto em que ela esperava, toda cor-de-rosa, o braço direito levantado, apoiada no batente da porta, devia remontar aos primórdios das eras...

... ao tempo quando alguma coisa de Super-humano criou a mulher.

"Será possível?", diziam nesse passado.

A máscara caíra, e ao Supermacho pareceu absolutamente evidente que, embora a tivesse possuído por dois dias completamente nua, ele nunca vira Ellen sem máscara.

Jamais a teria visto, se ela não estivesse morta. Os pródigos se tornam geralmente avaros no exato momento em que percebem que seu tesouro foi saqueado.

O Supermacho não voltaria a ver Ellen, cuja forma ia voltar, pelas contrações musculares que precedem a decomposição, àquilo que existiu antes de toda a forma. Ele nunca se perguntara se a amava ou se ela seria bonita.

A frase que provocara a prodigiosa aventura representou-se em seu espírito tal como, personagem voluntariamente e ridículo e qualquer, ele a tinha por capricho proferido: "Fazer amor é um ato sem importância, já que se pode repeti-lo indefinidamente".

Indefinidamente...

Mas não. Havia um fim.

O fim da Mulher.

O fim do Amor.

"O Indiano tão celebrado por Teofrasto" bem sabia que o fim viria da parte da mulher, mas supunha que este ser bonitinho, frágil e fútil (riu com a palavra, imaginando a pronúncia latina que lhe daria um dominicano),[33] este ser fútil renunciaria à volúpia se ela não fosse mais o fim imediato, se fosse apenas o meio de uma volúpia mais exasperada, mais heroica e mais no limite da dor. Ele havia deixado sete mulheres de reserva na galeria, da mesma forma como Arthur Gough teria levado sete automóveis de reserva... em caso de *pane*.

Ele ainda riu, mas chorou nervoso olhando para Ellen.

Ela era muito bonita.

Ela havia mantido a promessa: a máscara caíra, mas as olheiras a tinham substituído, tão grandes! Outras máscaras estavam para se superpor, como flocos de neve roxa: os veios cadavéricos que partem das narinas e do ventre.

O mármore da viva ainda estava puro e luminoso: no pescoço e nas ancas, as mesmas marcas imperceptíveis do marfim recém-cortado.

Marcueil descobriu, levantando as pálpebras delicadamente,

[33] Em francês, a palavra *futile* pronunciada à latina, *foutile*, é associada ao verbo *foutre* (foder). [N.T.]

que nunca tinha visto a cor dos olhos da amante. Eram escuros a ponto de desafiar qualquer cor, como folhas mortas, tão pardas no fundo dos fossos límpidos de Lurance; e dir-se-ia que eram dois poços no crânio, perfurados pela alegria de ver o lado de dentro através da cabeleira.

Os dentes eram joias minuciosas muito bem ordenadas. A morta havia aproximado cuidadosamente as duas arcadas, como minúsculas pedras de dominó – muito pequenas para se poder calcular – numa caixinha de surpresas.

As orelhas, não havia dúvida, alguma rendeira as bordara.

Os mamilos eram coisinhas cor-de-rosa que se assemelhavam mutuamente, e a nada mais.

O sexo parecia um bichinho sobretudo estúpido, estúpido como uma concha – na verdade, bem que parecia uma –, mas não menos róseo.

O Supermacho percebeu que estava na iminência de descobrir a Mulher, exploração que ele ainda não tivera tempo de realizar.

Fazer amor com frequência toma o tempo de experimentar o amor.

Beijou, como joias raras das quais ia ter que se desfazer logo, logo, e para sempre, todas as suas descobertas.

Beijou-as – coisa que nunca lhe tinha passado pela cabeça, imaginando que era provar uma impotência momentânea das carícias mais viris –, beijou-as para recompensá-las do fato de tê-las descoberto, ele quase se disse: tê-las inventado.

E pôs-se a dormir docemente ao lado de sua companheira adormecida no absoluto, como o primeiro homem acordou ao lado de Eva e a supôs saída de sua costela porque ela estava a seu lado, em sua surpresa muito natural de encontrar a primeira mulher, esgotada de amor, ali onde havia se deitado alguma fêmea ainda antropoide.

Murmurou seu nome, cujo sentido compreendia pela primeira vez: "Hélène, Hélène!".

"Hélène, Hélène!", uma música cantou através de seu cérebro, como se o fonógrafo ainda funcionasse e impusesse um ritmo.

E Marcueil percebeu que, nesse estado de esgotamento de sua energia, em que um outro homem estaria exausto, ele se punha sentimental. Era seu modo de traduzir o *post coitum animal triste*.[34] Da mesma forma que o amor fora um repouso para o trabalho de suas pernas, por um equilíbrio análogo o cérebro, por sua vez, pedia para entrar em atividade. E, simplesmente para pegar no sono, ele compôs uns versos:

A forma nua me estende seus braços,
Deseja e me diz: seria possível?
Olhos azuis de alegria indizível,
"Quem pode, diamante, seguir vossos traços?"

Braços tão lassos quando os laços abrindo,
Carne de outro corpo sob meu desejo,
Olhos tão francos quando estão mentindo
"Salguem menos seus prantos: quero bebê-los."

Um arrepio de pé, a bela adormecida,
No travesseiro bate um coração;
Nada mais doce que sua mordida,
Sua boca amiga, e isso que é bom.

Que nossas bocas componham uma esfera,
Duas gaiolas ligadas com gozo
Para celebrar nossas bodas de fera
Nossas línguas, a esposa e o esposo.

---

[34] Máxima atribuída a Galeno de Pérgamo, médico romano de origem grega do séc. II, "*Post coitum omne animal triste est*", ou seja: Todo animal fica triste depois do coito. Mas Galeno continuava: "*Praeter mulierem gallumque*" – exceto o galo e a mulher.

Assim como Adão tinha uma dupla antena
Ao acordar tinha Eva a seu lado,
Meus sonos se vão, eu descubro Helena
De toda a beleza, o antepassado.

No fundo dos tempos ressoa o brado:

    Helena
    A arena
    Helena
    Está plena
    De Eros.

    A Troia
    a tramoia,
    apoia
    A história
    Dos desesperos.

    Aquiles,
    Desfila
    Na fila
    Da vila
    Onde Príamo
    Oscila.

O sulco do seu carro que arrasta
Heitor ao redor das muralhas
Enquadra um espelho, e basta,
Eis aquela rainha, nua e sem falhas,

    Soberana
    Helena
    Se inflama.

    Helena
    A arena
    Helena
    Está plena
    De amores.

O velho Príamo implora nas torres:

"Aquiles, Aquiles, teu coração duro
Aquiles, Aquiles, teu coração duro
É feito de ouro, de prata ou de bronze,
Aquiles, Aquiles, mais duro que um muro,
Que o ferro mais puro, e não é de hoje!"

Em seu espelho Helena se esconde:

"Não, Príamo, não, não há nada mais duro
Que o escudo de marfim dos seios meus;
Sua ponta se acende no sangue maduro,
O vermelho no branco como um deus:
Na pupila gelada, a alma escarlate,
Não, Príamo, nada é tão duro, bate, bate."

    Páris arqueiro
    Feito Cupido faz
    Flechou Aquiles
    No calcanhar;

Páris-Eros
Tão louro e tão cor-de-rosa,
O belo Páris, juiz de deusas.
Escolheu ser amante de uma delas;
O raptor de Helena da Grécia,
Filho de Príamo,
Páris, o arqueiro, herói da peripécia:
Atrás dele exulta um carro de guerra,
Seu sexo e seus olhos alimentam a terra:

        Helena
        A arena
        Helena
        Está plena
        De amores.

Destino, Destino, ó mui cruel Destino!
Bebe-nos o sangue um demônio cruel!
Os corpos helenos juncam os campos de Troia,
Destinos, abutres, todos no mesmo escarcéu.
Mui cruel Destino, Destino mais velho que o céu!

Helena abrindo os lindos olhos límpidos:

"Destino é apenas palavra, os céus um vazio sem fim,
Basta olhar em meus olhos, isso é céu, é céu, sim.
Mortais, ousai perscrutar sem perder a cor
O abismo de azul, e ali lede, por favor:
O amante e o esposo, Páris, Menelau,
Estão mortos e de mortos está cheio o quintal
Para fazer aos meus pés um tapete perfeito,

Um tapete de amor que palpite e dê beijos;
Hoje eu pus este vestido que está ficando velho:
Nesses dias... nem sei... acho que eu prefiro o vermelho."[35]

"Helena morreu", repetia em seu seu sono o "Indiano tão celebrado por Teofrasto". "Que me resta dela? A lembrança da sua graça, sua lembrança leve e delicada e perfumada, a imagem deliciosa e flutuante de uma mulher viva, quase mais deliciosa que a própria viva, pois estou certo de que ela não me deixará jamais, e é apenas o desejo da eternidade impossível que obceca e estraga as alegrias efêmeras dos amantes. Vou levar sempre comigo sua memória, o troféu leve, flutuante e perfumado e imortal de sua lembrança, um caro fantasma cuja forma ondulante e fluida banha, hidra voluptuosa, com a carícia de seus tentáculos, minha cabeça e meus quadris. Indiano tão celebrado por Teofrasto, você vai levá-la sempre, sua lembrança um pouco ensanguentada, tão perfumada e leve e flutuante, vai levá-la, como um Indiano caçador de escalpos... *sua cabeleira!*"

E do fundo do ser deste homem tão anormal que só conseguira aquecer seu coração junto ao gelo de um cadáver, a confissão dessa certeza aflorou, arrancada por uma força: "Eu a adoro".

[35] [35] [35] [35] [35] [35] [35] Tradução aproximativa. Nem valia a pena mais bravas proezas. Infelizmente o Supermacho Marcueil não era um superpoeta... Nessa *Ilíada* ginasiana, Jarry programa um mau texto. [N.T.]

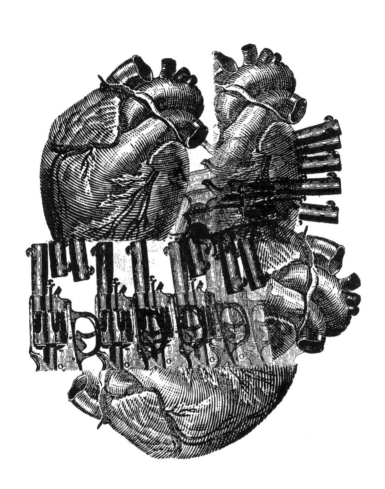

A MÁQUINA AMOROSA

14

No momento em que Marcueil disse "Eu a adoro", Ellen não estava mais a seu lado.

Ellen não estava morta.

Apenas desmaiada ou desfalecida: as mulheres nunca morrem desse tipo de aventura.

Seu pai recebeu estupefato a volta da filha doente, embriagada, feliz e cínica; e Bathybius, chamado às pressas, Bathybius, a despeito da máscara da mulher e do segredo profissional, a despeito sobretudo de seus preconceitos profissionais, confirmou: "Eu vi – tão verdadeiro como se examinasse no microscópio ou com o espéculo –, eu vi, cara a cara, o Impossível."

Mas as moças libertadas falaram e o ciúme aprontou sua vingança.

Virginie chegou à casa de Elson, e – linda, miraculosamente maquiada, a expressão tão pura e os olhos tão cândidos que se diria a encarnação da Verdade – declarou: "O doutor é um velho louco. Nós estávamos lá o tempo todo. Não aconteceu nada de extraordinário. No segundo dia, eles ainda não tinham feito nada e, quando nos pusemos a olhá-los, fizeram amor três vezes para tentar nos impressionar, e depois a mulher não quis mais".

De Ellen não foi possível arrancar outras palavras a não ser: "Eu o amo".

"Ele ama você?", o pai perguntou.

Fosse qual fosse a dose de desonra derramada pelo Supermacho, o americano só considerava uma consequência: era necessário que André Marcueil casasse com sua filha.

"Eu o amo", Ellen respondia a qualquer pergunta.

"E ele, ele não ama você?", Elson falou.

Essa suspeita causou em grande parte o desenrolar trágico desta história.

Bathybius, desconcertado com o que tinha visto, contribuiu ao sugerir a William Elson esta ideia: "Não é um homem, é uma máquina".

Acrescentou a velha frase que tinha adquirido o hábito de repetir sempre que falava de Marcueil, a propósito de qualquer coisa: "Esse animal não quer nem saber".

"No entanto, é preciso que ele ame minha filha", refletia Elson, louco e prático ao mesmo tempo, pronto a se mostrar prático até o absurdo, se necessário. "Vejamos, doutor, a ciência deve ter algum poder sobre isso!"

A ciência naufragante de Bathybius poderia muito bem ser comparada a uma bússola cuja agulha girasse como um torniquete para repousar não importa onde, contanto que não fosse no Norte. O cérebro do médico devia estar mais ou menos no mesmo estado em que ficara o dinamômetro um dia destruído pelo Supermacho.

"A Antiguidade tinha suas poções", divagava o químico. "Seria preciso redescobrir os processos, velhos como a superstição humana, de obrigar uma alma a amar!"

Arthur Gough, consultado, sentenciou: "Há a sugestão… o hipnotismo… é infalível, mas depende do médico".

Bathybius estremeceu.

"Eu o vi fazer a mulher adormecer… adormecê-la… *in articulo mortis*[36]… para ele, pois ela ia lhe enfiar um grampo no olho… Os olhos dele podem derrubar qualquer um… Suponho que ninguém seja doido o bastante para encarar a crescente luz dos faróis de uma locomotiva que se aproxima, não?"

"Sendo assim", disse Arthur Gough, "voltemos aos processos ancestrais. Os Padres do Deserto[37] conhecem uma máquina que talvez corresponda ao que temos em vista, se levarmos a sério esta passagem da vida de santo Hilarião escrita por São Jerônimo: "Sem dúvida, tua força (Demônio) deve ser bem grande, pois que

---

36
36
36
36
36
36
In extremis, na hora de morrer – expressão muito usada em direito e teologia.
37
37
37
Ascetas, monges e freiras que a partir do século IV foram viver na solidão do deserto do Egito, em comunidades ou em eremitérios.

assim estás aprisionado e neutralizado por uma lâmina de cobre e uma trança de fios!".

"Um aparelho eletromagnético", disse sem hesitar William Elson.

Foi assim que Arthur Gough, o técnico capaz de construir qualquer coisa, foi convocado a fabricar a mais insólita máquina dos tempos modernos, a máquina que não se destinava a produzir efeitos físicos, mas a influenciar forças até aquele dia consideradas inacessíveis: a Máquina Para Inspirar Amor.

Se André Marcueil era uma máquina ou um organismo de ferro que zombava das máquinas, ora, bem, a aliança do engenheiro com o químico e o doutor oporia máquina a máquina, para salvaguardar a ciência, a medicina e a humanidade burguesas. Se aquele homem se tornara mecânico, era indispensável, para o necessário retorno ao equilíbrio do mundo, que uma outra mecânica fabricasse... a alma.

A construção do aparelho, para Arthur Gough, era simples. Não deu aos outros dois sábios nenhuma explicação. Tudo ficou pronto em duas horas.

Inspirou-se na experiência de Faraday:[38] se jogarmos uma moeda de cobre entre dois polos de um poderoso eletroímã,[39] a moeda, de metal não magnético, não pode ser afetada, e no entanto não cai: ela desce lentamente, como se algum líquido viscoso ocupasse o espaço entre os polos do ímã. Ora, se tivermos a coragem de, em lugar da moeda, colocar nossa cabeça – e Faraday, como sabemos, fez esta experiência –, não acontece coisa alguma. O que é extraordinário é que não se sente absolutamente nada; e o que é terrível é que NADA, em matéria de ciência, sempre significou o "não se sabe o quê", a força inesperada, o x, talvez a morte.

Outro fato conhecido também serviu para montar o aparelho: na América, em geral os condenados são eletrocutados por uma corrente de dois mil e duzentos volts: a morte é instantânea, o corpo torra e as convulsões tetânicas são espantosas a ponto de o

[38] Michael Faraday (1791-1867), importante físico e químico inglês, descobriu a indução eletromagnética.

[39] Em francês, *électro aimant*, "eletro-amante". [N.T.]

aparelho que matou parecer obstinado em ressuscitar o cadáver. Ora, se formos submetidos a uma corrente mais que quádrupla – digamos dez mil volts –, *não acontece nada.*

Notemos, para esclarecer o que segue, que a água dos fossos acionava, em Lurance, um dínamo de onze mil volts.

André Marcueil, mergulhado em seu torpor, foi amarrado a uma poltrona por seus criados – em qualquer lugar os criados obedecem ao médico quando ele diagnostica que o senhor da casa está doente ou louco. Seus braços e pernas estavam presos por correias, e um objeto estranho foi ajustado a seu crânio: uma espécie de coroa denteada, de platina, com os dentes voltados para baixo. Tanto a parte da frente da coroa como a de trás ostentavam como que um grande diamante talhado; cada um dos segmentos, à direita e à esquerda, era equipado de um protetor de orelha de cobre, com uma esponja umedecida para assegurar o contato com as têmporas; os dois semicírculos de metal estavam isolados um do outro por uma lâmina espessa de vidro, cujas extremidades sobre a testa e acima do occipício cintilavam como pedra preciosa. Marcueil não despertou quando as extremidades das duas placas laterais apertaram suas têmporas, mas foi nesse momento que sonhou com escalpos e cabeleiras.

O doutor, Arthur Gough e William Elson observavam, invisíveis, no aposento ao lado; e o paciente coroado, que ninguém se lembrara de vestir e cuja maquiagem se desfazia como uma estátua que descasca, oferecia um espetáculo tão pouco humano que os dois americanos, gente que lia a Bíblia e o Novo Testamento, precisaram mobilizar alguns minutos de sangue-frio e senso prático para expulsar a imagem, dolorosa e sobrenatural, do Rei dos Judeus coroado de espinhos e pregado na cruz.

Era uma força capaz de renovar ou de destruir o mundo, essa que eles haviam encurralado?

Rolos de eletrodos, envoltos em borracha e seda verde, cingiram o Supermacho pelas têmporas; serpenteavam e se perdiam, furando a parede como piolhos fugindo em direção ao zumbido crepitante do dínamo.

William Elson, sábio curioso e pai prático, se preparava para ligar a corrente.

"Um minuto", disse Arthur Gough.

"Que é que há?", perguntou o químico.

"É que", disse o engenheiro, "se é possível que este engenho produza o resultado desejado… é também possível que não aconteça nada ou uma coisa diferente. Além disso, ele foi fabricado com certa pressa."

"Tanto melhor, será uma experiência", interrompeu Elson, e apertou o botão.

André Marcueil não se moveu.

Fez uma expressão de quem vivencia uma sensação agradável.

Os três sábios, que espiavam, interpretaram que Marcueil compreendia exatamente *o que a máquina queria dele.* Pois foi nesse momento preciso que, em seu sonho, ele disse: "Eu a adoro".

A máquina funcionava, portanto, conforme os cálculos de seus construtores; no entanto, ocorreu um fenômeno, indescritível, que deveria ter sido previsto nas equações.

Todo mundo sabe que, quando duas máquinas eletrodinâmicas estão em contato, aquela com potencial mais elevado é a que *carrega* a outra.

Neste circuito antifísico, em que se conectavam o sistema nervoso do Supermacho e os onze mil volts que talvez não fossem mais eletricidade, nem o químico, nem o médico, nem o engenheiro puderam negar a evidência: era o homem que influenciava a Máquina Para Inspirar Amor.

Assim, como era matematicamente previsível, se a máquina produzia realmente amor, foi A MÁQUINA QUE SE APAIXONOU PELO HOMEM.

Arthur Gough desceu em dois saltos em direção ao dínamo e anunciou, espantado, que era ela que se tornava a receptora e que girava ao contrário, numa velocidade desconhecida e formidável.

"Jamais teria acreditado ser possível... jamais... mas é tão natural, no fundo!", o doutor murmurou. "Nestes tempos em que o metal e a mecânica se tornam todo-poderosos, é necessário que o homem, para sobreviver, se torne mais forte que as máquinas, como chegou a ser mais forte que as feras.... Simples adaptação ao meio... Mas esse homem aí é o primeiro homem do futuro..."

Enquanto isso, para não desperdiçar essa energia inesperada, Arthur Gough, com um gesto automático – e, homem prático que era, como os outros –, colocou o dínamo em conexão com uma bateria de acumuladores...

Foi o tempo de voltar a seu lugar, e ele assistiu a um espetáculo terrível: fosse porque a tensão nervosa do Supermacho tivesse atingido um potencial extraordinário, fosse porque, ao contrário, tivesse decrescido (talvez porque ele estivesse a ponto de despertar), e os acumuladores, sobrecarregados, tivessem ficado mais fortes e transbordassem energia em excesso, fosse por alguma causa qualquer, a coroa de platina ficou incandescente.

Num paroxismo de esforço doloroso, Marcueil fez saltarem as correias que prendiam seus antebraços e levou a mão à cabeça; sua coroa, sem dúvida por um defeito de construção que William Elson depois repreendeu amargamente a Arthur Gough – a placa de vidro não espessa o bastante ou muito fundível –, sua coroa dobrou-se e partiu-se ao meio.

As gotas de vidro derretido escorriam, como lágrimas, pelo rosto do Supermacho.

Ao cair no chão, muitas explodiam violentamente como lágrimas batavas.[40]

Sabe-se que o vidro, liquefeito e temperado em certas con-

40 40 40 40 40 40 40 40 40 40 40 40 40 40 40
Lágrima batava ou batávica é um pingo de vidro líquido vertido em água fria e subitamente esfriado.

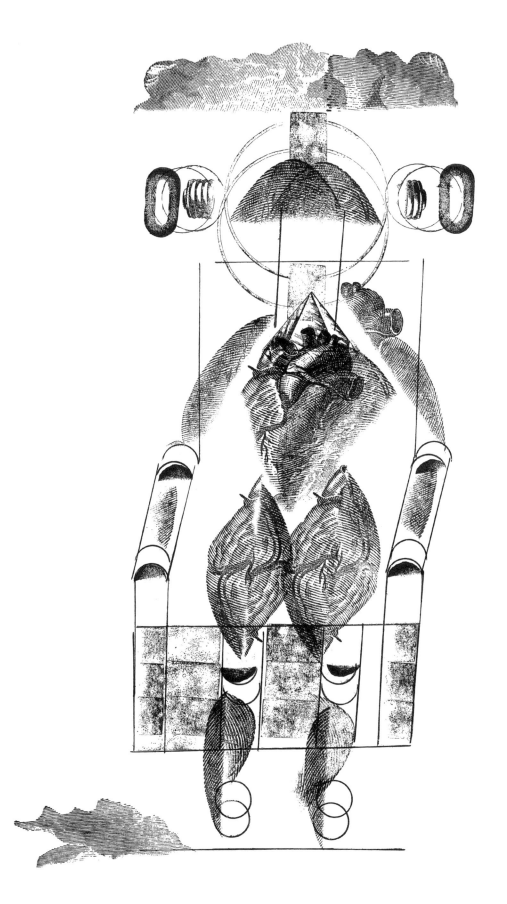

dições – aqui, molhado pela água acidulada das esponjas de contato –, se resolve em gotas explosivas.

Os três espectadores ocultos viram com nitidez a coroa oscilar e, qual mandíbula incandescente, morder o homem nas têmporas com todos os dentes. Marcueil uivou e saltou, arrebentando suas últimas amarras, arrancando os eletrodos cujas espirais zumbiam atrás dele.

Marcueil descia as escadas... Os três homens compreenderam o que pode haver de dolorosamente trágico em um cão com uma panela atada à cauda.

Quando olharam pela escadaria, só avistaram uma silhueta com o rosto contraído, que a dor lançava para lá e para cá, numa velocidade sobre-humana, pela avenida; que se agarrava com punho de aço à grade, sem outro propósito a não ser fugir e se debater, e que envergava duas das barras da grade monumental.

Enquanto isso, no vestíbulo, os fios rompidos saltitavam, eletrocutando instantaneamente um criado que acorreu e botando fogo numa tapeçaria que se consumiu, sem chama, com uma lentidão preguiçosa, parecendo se lamber com lábios rubros.

E o corpo de André Marcueil, completamente nu e ainda com vestígios dourados, jazia enrolado em volta das barras, ou as barras em volta dele...

O Supermacho estava morto, retorcido entre as ferragens.

Ellen Elson curou-se e está casada.

Impôs uma única cláusula para aceitar um marido: que ele fosse capaz de manter seu amor dentro dos sábios limites das forças humanas...

Encontrá-lo foi... "apenas um jogo".

Ela pediu a um joalheiro hábil que substituísse por uma das lágrimas sólidas do Supermacho a grande pérola de um anel que usa fielmente.

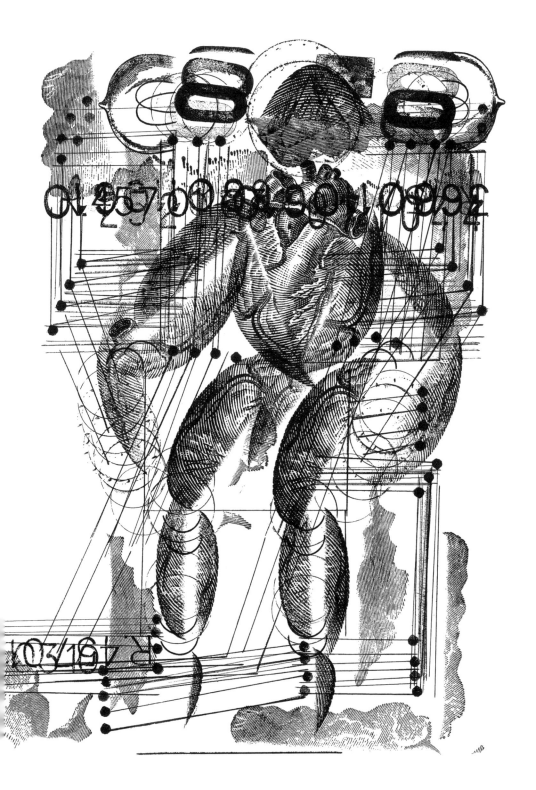

Jarry, supermoderno ////////////////////////////// **Paulo Leminski**

A folhas tantas do seu *Manifesto do surrealismo* (1924), André Breton rascunha um esboço de árvore genealógica do movimento da "escrita automática" e do sonho acordado, de que sempre foi uma espécie de papa:

> Poe é surrealista na aventura.
> Baudelaire é surrealista na moral.
> Rimbaud é surrealista na prática da vida e alhures.
> Mallarmé é surrealista na confidência.
> Jarry é surrealista no absinto.

Alfred Jarry (1873-1907), porém, foi mais que um simples bebedor da terrível bebida, quase psicodélica, que levava os poetas ao delírio, antes de matá-los em algum sanatório.

Antes de morrer, aos 32 anos, ele teve tempo para deixar atrás de si uma esteira de lendas de excentricidade e extravagância, a patafísica – "ciência das soluções imaginárias" –, meia dúzia de livros e uma contribuição definitiva para a história do teatro, na figura do Pai Ubu.

Dramaturgo e teatrólogo, como é mais conhecido, Jarry é precursor das práticas teatrais mais avançadas do século XX, o século em que, sob o impacto do cinema, do circo e do teatro exótico (Nô, Kabuki), Meyerhold, Piscator, Brecht, Antonin Artaud, Beckett e Ionesco dariam nova vida à arte de Sófocles, Shakespeare, Racine e Ibsen.

Seu ensaio "De l'Inutilité du Théatre au Théatre" (1896) expõe os princípios da sua dramaturgia: esquematização dos caracteres, das ações, do cenário, repúdio ao "realismo" e à psicologia.

Como vai ser lindo o século XX.

//

Rabelais. Sade. Nerval. Lautréamont. Rimbaud. Corbière. Raymond Roussel. Duchamp. Artaud. Breton. Drieu. Céline. Ponge. Queneau. Butor. Existe, de tocaia, uma linhagem louca naquela literatura que, estabilizada por Malherbe e Boileau, teve um começo legal na Academia, fundada pelo cardeal de Richelieu, e parece ser a mais "careta" das literaturas, uma literatura normal e normalizadora, muito zelosa da estabilidade de certas formas,do equilíbrio, da manutenção de um certo "bom gosto", decoro canonizado com "o Gosto", o *génie latin*" de Anatole France.

Nessa linguagem, Jarry não foi o menos "louco".

Nascido em Laval, no noroeste da França, Jarry deixou a lenda de uma vida tão bizarra quanto suas produções.

A fábula das suas singularidades corria de boca em boca, na Paris da Belle Époque.

Pescava seu almoço no Sena. Aficionado por matemática e física, estudava heráldica horas a fio. Quando lhe pediam fogo, puxava um revólver, que Picasso depois veio a obter e guardava como uma relíquia.

Sua fotografia mais conhecida o mostra andando de bicicleta, invenção recente, que era uma das suas paixões (tendo um papel fundamental em *O Supermacho*, onde o superalimento do cientista americano é experimentado nos ciclistas que fazem a corrida das Dez Mil Milhas, hipérbole sobre duas rodas da potência sexual infindável do *Indiano*).

Para nós, brasileiros, sua figura não pode deixar de lembrar a de Santos Dumont, tão excêntrico quanto ele, que vivia e tentava voar naquela mesma Paris da primeira década do século XX, quando viajar pelos ares parecia ser uma obsessão emblemática daquele momento de espantosas novidades e ilimitados horizontes tecnológicos.

Jarry também voou. Não em balões ou dirigíveis. Mas em criações dramáticas e textuais muitos pés acima do chão de seus contemporâneos, cabeça enfiada alguns quilômetros para dentro do futuro.

O verdadeiro culto que Dadá e os surrealistas lhe tributaram é mais que justificado: na rigorosa hierarquia poundiana, Jarry, supermoderno, é um "inventor", um dos escritores mais originais do século XX, "herói fundador" de tantas singularidades que, depois de virarem moda, viraram sistema.

///

Centauro de fantasia erótica com romance de ficção-científica, *O Supermacho*, de 1902, chamado pelo autor "romance moderno", faz par com *Messalina*, de 1901, "romance da antiga Roma".

Nos dois "romances", um no passado, outro no futuro, o herói é, num, um homem, no outro, uma mulher, dotados da capacidade de praticar o amor físico além dos limites humanos, "indefinidamente". Priapismo e ninfomania: hipérboles da sexualidade.

Cenas de evidente marcação teatral. Jogos de palavras, de árdua decifração e recriação. O fio do enredo sustentado por trocadilhos. Um espírito lúdico libertado de amarras lógicas. A pontuação arbitrária e caprichosa. O tom meio erudito, meio circense. As imagens e comparações insólitas e delirantes. Alguma coisa de muito criança com qualquer coisa de muito velho.

A escritura de Jarry é de alta imprevisibilidade.

Não era provável que, em 1902, alguém chamado Alfred Jarry publicasse este romance que vocês acabam de ler, vocês não acham?

Alfred Jarry ou a reinvenção do amor ///////////// Annie Le Brun

"Fazer amor é um ato sem importância, já que se pode repeti-lo indefinidamente." Alfred Jarry começa seu romance *O Supermacho* com essa frase, mas logo esclarece que, pronunciada em meio a pessoas de fino trato, ela criou "um vazio no salão". Isso foi em 1902; mais de um século depois, é como se esse vazio, esse vão nunca tivesse se fechado. Para quase todo mundo, Jarry é Ubu, no máximo o dr. Faustroll e a patafísica, e nada mais do que isso.

É curioso como editores, críticos e universitários, com raríssimas exceções, minimizam ou ignoram deliberadamente seus diferentes textos em torno da questão amorosa. E no entanto é disso que ele fala de 1898 a 1903, ou seja, ao longo de cinco anos, a metade de sua breve existência literária – que começa com o implacável *L'Amour en visites*, relato aparentemente realista das primeiras aventuras de um jovem burguês, e termina em 1903, lírico, com o poema *Madrigal*.

Nesse ínterim, porém, Jarry escreveu dois dos maiores livros sobre o desejo e o amor: *Messalina*, em 1901, e *O Supermacho*, em 1902. Publicados com quinze meses de intervalo, pela mesma editora (Éditions de La Revue Blanche), com a mesma apresentação gráfica, com o mesmo tema, o excesso amoroso, um pode ser considerado o eco do outro. A ponto de algumas pessoas terem ficado tentadas a acoplar esse "supermacho" a essa "superfêmea". Mas o fizeram de maneira tão formal – contentando-se em aproximar estruturas idênticas ou invertidas – que só conseguiram neutralizar um livro com o outro.

Por que será então que esses textos importantes continuam no armário? Por que nunca são mencionados em nenhuma das pesquisas sobre o desejo ou a sexualidade? Seria pelo fato de a questão amorosa de Jarry parecer incompatível com a imagem que se faz dele? Ou, de modo mais profundo, será que ele chocaria nossa época, que pretende ser tão liberal?

///

Vale lembrar que, se Jarry já é conhecido quando publica *Messalina*, isso se deve ao escândalo provocado pela primeira representação de

Ubu rei, em 1896. Em compensação, raros são os leitores de seus textos precedentes, cuja tiragem foi de cinquenta a 250 exemplares. Com *Messalina*, tudo muda. O livro sai com uma tiragem de 3 mil exemplares.

Também não se deve esquecer que o *peplum* – narrativas de inspiração bíblica ou mitológica – está na ordem do dia. Por volta de 1900, uma avalanche de obras sobre Taís, Cleópatra, Ben-Hur, Spartacus invade as livrarias. Messalina, por exemplo, é objeto de uma tragédia, de um drama lírico e de vários romances. Jarry chegará a acusar de plágio dois ou três autores que lhe deviam boa parte de sua erudição. Por isso, a sua *Messalina* ele tem toda razão em dar o subtítulo "Romance da antiga Roma", mesmo se no programa de *Ubu rei*, de 1896, ele deixava muito claro que "não consideramos honroso criar peças históricas." De fato, ele também não considera honroso escrever romances históricos. Pois, por mais erudita que seja sua evocação de Messalina, sua personagem não pode ser redutível a uma dessas reconstituições históricas então em voga.

Julguem pela primeira aparição de sua "puta imperial": "Essa forma que erra com um roçar de cauda ou de garras é algo parecido com um animal de caça, mas sem o odor abominável da loba". Sem falar da evocação do falo gigante, "emblema animal e divino" que, tal como um "deus no frontão de um templo", é a insígnia do bordel frequentado por Messalina. É flagrante a absoluta preferência de Jarry pela reconstituição erótica, em detrimento da reconstituição histórica: do começo ao fim do livro, não há um único detalhe, uma única roupa, uma única joia, um único objeto, um único cenário, tampouco um único lugar que não se consagre a uma sexualização entorpecedora e sem equivalente.

Lembremos que, em 1896, *Afrodite*, de Pierre Louÿs, tivera muito sucesso com seu famoso prefácio que anuncia uma nova liberdade por meio da exaltação de uma nudez luminosa. Parecia que toda uma geração se apropriava do desvio pelo antigo para ousar aceder à sonhada erótica solar.

Jarry, ao contrário e de saída, faz do corpo de Messalina o cadinho de todos os transbordamentos, procurando verificar como o princípio excessivo do desejo consegue transformar tudo – seres, coisas, locais – em teatro da insaciabilidade. De tal modo que a erotização em demasia, da qual a própria Messalina se torna o teatro, alcança uma implosão da perspectiva histórica e desemboca no que há de mais obscuro na noite amorosa.

Na verdade, Jarry, num golpe de mestre, experimenta o que alguns meses mais tarde formulará ao concluir sua conferência "O tempo na arte":

> Em suma, a obra de arte prescinde muito bem da noção de tempo. A preocupação com a reconstituição de uma época só busca retardar o momento em que a obra será liberada do tempo, ou seja, será eterna e resplandecente. Se quisermos que ela um dia se torne eterna, não seria mais simples liberá-la do limiar do tempo, tornando-a imediatamente eterna?

Será esse o motivo que levou Jarry, pouco depois, a recomeçar tudo com *O Supermacho*, revertendo deliberadamente a perspectiva histórica, já que o livro, publicado em 1902 com o subtítulo "Romance moderno", supostamente se passa em 1920?

Essa reversão situa imediatamente fora do tempo uma indagação sobre o amor que provoca inúmeras reflexões e atitudes nas mais diversas áreas. Ocorreram, por exemplo, as manifestações de julho de 1893, no Quartier Latin, contra o processo de quatro modelos de ateliê que ficaram nuas no Bal des Quat'Zarts.* Mas ao longo desses anos também foram publicados, entre outros, *L'Ève future* (1886), de Villiers de l'Isle Adam; *La Physiologie de l'amour* (1890), de Paul Bourget; a primeira tradução da *Psychologia sexualis* (1895), de Krafft-Ebing e *La Femme criminelle et la prostituée* (1896), de Lombroso – e, enfim, a célebre tradução de Mardrus de *As mil e uma noites*, que se estenderia de 1899 a 1904.

Além disso, como revelam alguns de seus artigos, Jarry não ignora o teor científico desse questionamento sobre o amor, por exemplo em Schopenhauer ou Weisman, quando põe em paralelo os processos de procriação e nutrição.

E é assim que, tirando partido da antecipação para encontrar "o ângulo de eternidade",** único a interessá-lo, Jarry retoma em *O Supermacho* a questão amorosa, dessa vez para passá-la sob o crivo do que supostamente lhe é mais estranho, ou seja, o crivo da objetividade do número, da velocidade, da performance.

---

* Festa carnavalesca parisiense organizada por estudantes da Escola de Belas Artes de Paris.

** Expressão usada por Jarry em *L'Amour en visites* (1898) para tratar de um ponto de vista absoluto, liberado de um tempo histórico.

Não surpreende que *O Supermacho* tenha sido considerado o que ele não é, ou seja, o livro do recorde. E isso porque o desafio sexual de ultrapassar em 24 horas os setenta coitos do "Indiano celebrado por Teofrasto" é colocado em paralelo com a corrida das Dez Mil Milhas, na qual uma *quintuplette*, com cinco campeões ciclistas, vai rivalizar durante cinco dias com uma locomotiva correndo a quatrocentos quilômetros por hora.

Nada mais oposto ao fausto que envolve Messalina, a prolongar com seu brilho cada um de seus gestos. Evidentemente, dali em diante o amor é encarado sob aspectos quantitativos. Mas ambos, Messalina e o Supermacho, não deixam de ser arrastados para além deles mesmos por uma mesma força. Por isso, a única questão possível é saber o que Jarry pretende quando passa não apenas do antigo à técnica, mas do excesso de Messalina ao excesso do Supermacho.

//

Para tentar responder a essa questão, precisamos retomar a ambos no início de suas aventuras. Primeiro, Messalina no bordel, onde a esperam todos aqueles homens que ela mesma espera, todas as noites, em "um cubículo, mais exíguo do que a mais desconfortável e moderna cabine de banho, tendo como único móvel apenas uma tina profunda de pedra, menor que um corpo deitado, indo de uma parede à outra, sob um colchão vermelho". O que há de claro na opacidade dessa noite é que a exuberância do estilo, e só ela, parece poder responder a tal insaciabilidade.

Já o herói de *O Supermacho*, André Marcueil, decidido a bater todos os recordes amorosos, é evocado aparentemente sob o olhar frio da ciência – ou seja, o de um observador, o dr. Bathybius – quando vem se juntar à jovem Ellen Elson, que aceitou acompanhá-lo nesse desafio. Não sem que, para permanecerem incógnitos, Marcueil tenha se maquiado de pele-vermelha e Ellen use uma pequena máscara de pelúcia: "Só havia um homem e uma mulher, livres, frente a frente, por uma eternidade. Vinte e quatro horas não eram uma eternidade para um homem que insistia que nenhum número tinha importância?".

Esse é apenas o início da aventura de Ellen e do Supermacho, mas é o bastante para constatar como aquela noite vai ser diferente de todas as de Messalina. Em primeiro lugar, porque Messalina está sozinha com seu desejo e o Supermacho tem uma parceira, senão uma cúmplice. Aqui Messalina e o Supermacho se opõem radicalmente: enquanto ela se torna cada vez mais prisioneira de seu excesso e de uma solidão que a leva a abraçar até morrer o gládio de seu último amante, ele corre o risco de se lançar no desconhecido para onde a presença do outro o arrasta.

Que o desejo esteja condenado a dar voltas sobre si mesmo, por mais frenético que ele seja, é o que nos conta a trágica história de Messalina. E é daí que parte o Supermacho, obcecado pela ideia de escapar desse círculo infernal. Para romper o que há de grandioso no eterno retorno de Messalina a seu desejo, Jarry parece querer deixar tudo às claras. Por isso ele não hesita em se reconciliar com uma abordagem mecânica do amor que, desde o início da era industrial, com seu encontro com a libertinagem ateia no século XVIII, não cessará de inquietar o imaginário erótico, de Sade a Marcel Duchamp.

Como se, para Jarry, o único modo de escapar à ideologia amorosa, tanto de origem científica como idealista, fosse retomar a trivialidade da mecânica. E, por isso, no primeiro encontro de Ellen com o Supermacho, a afetação exigida pelo momento sucumbe diante do automóvel dela: "Sem nenhum adorno ou conforto, toscamente pintada de zarcão, a máquina exibia sem pudor, até mesmo com orgulho, seus órgãos de propulsão. Parecia um deus lúbrico e fantástico que raptava a jovem".

Não que se trate de exaltar a mecânica amorosa, como se acreditou um pouco rápido demais: foi apenas consentindo, tanto um quanto o outro, com essa obscenidade técnica, que ambos se reconhecem e vão poder se afastar dos caminhos da sexualidade conforme à ordem comum.

Daí a singularidade do propósito de Jarry, que não hesita em fazer do amor, sob todas as formas, o mais escandaloso tema de revolta. Não apenas ao proclamar, antes de mais nada, sua desimportância, mas ao fazer dessa insignificância o motor de sua reflexão e o triturador de todas as dissimulações morais, sociais ou estéticas com as quais acreditamos ser necessário paramentar nossas pulsões. Pois se o desejo dá voltas sobre si mesmo, o amor é sua máscara escandalosa, sob a qual o embuste sentimental e a soberba erótica acabam sempre se associando para se alimentar reciprocamente.

//

Assim, é a toda tradição amorosa que Ellen e o Supermacho acabam atacando pelos flancos. Um ataque que, em sua solidão, Messalina está condenada a ignorar.

Aos poucos o desafio que os dois amantes enfrentam vai sendo substituído por um desnudamento estarrecedor – que, paradoxalmente, começa com a dupla nudez e acaba multiplicado sob o olhar das sete cortesãs mantidas de reserva no caso de pane do Supermacho. Mas é também um desnudamento que a sobriedade do estilo agrava: "Começaram a se amar, e foi como a partida para uma expedição longínqua, uma grande viagem de núpcias que não percorria cidades mas o Amor todo". Certamente tudo isso se passa também sob o olhar da ciência, mesmo se "as forças humanas foram superadas, como, de um vagão, veem-se desaparecer as paisagens familiares dos arredores".

Na realidade, aqui Jarry nos faz assistir à derrota do mensurável e do quantificável. "E MAIS? – Marcueil divagou. – O que quer dizer isso? É como a sombra fugitiva na corrida... *E mais*, isso não é mais fixo, recua mais longe que o infinito, é inalcançável, um fantasma".

O desnudamento se aprofunda tanto e tão bem que questiona a cegueira biológica que estaria na origem da escolha amorosa, como alguns espíritos fortes têm sempre prazer em lembrar. Assim, não há um único gesto de Ellen e do Supermacho que não seja a negação desconcertante de uma fatalidade amorosa que Jarry recusa, mesmo se ele a evoca esplendidamente como "essa passividade de pedra que cai, o homem e a mulher chamam amor".

Na verdade, é ao desnudamento do próprio amor que Ellen e o Supermacho nos conduzem, para descobrir seus limites ou não, sua importância ou não, e talvez sua razão obscura. "Tateando sempre com todo o corpo em direção ao esquecimento da queimadura profunda, sua boca encontrou a boca do Indiano... E ela não lembrou mais de nenhuma dor."

//

E depois tudo vai recomeçar, pois os amantes, extenuados, descobrem que ainda não fizeram "amor... pelo prazer". Nada mais parece ter efeito sobre a determinação deles de se amar até a morte. Uma determinação não formulada como tal, mas evidente: todo o horizonte amoroso se encontra pulverizado pela abertura de uma perspectiva em que o excesso sexual é repentinamente desvirtuado pela força até então inconcebível de um lirismo passional que abre para o mais escuro do fundo pulsional.

Segue-se uma verdadeira corrida para o abismo que, paradoxalmente, nada tem de suicida, como ocorre com Messalina, sempre reduzida a si mesma por seu próprio excesso. Ellen e Marcueil, ao contrário, somente depois de terem percorrido todo o Amor, até a embriaguez de perder qualquer identidade sexual, descobrem, com o outro e contra o outro, de que inquietante obscuridade se alimenta o desejo que os transporta.

Pois se Sade foi o primeiro a ter desvendado a criminalidade indissociável do desejo, Jarry se arrisca na aposta escandalosa de fazer dessa criminalidade o fundamento do único amor possível. A ponto de ser apenas diante do corpo de Ellen, que ele acredita ter matado, que o Supermacho vai descobrir o amor: "Jamais a teria visto, se ela não estivesse morta", ele se diz.

Da invenção do amor por meio da invenção do outro: eis o que Jarry nos faz ver com o surgimento de uma poesia nua sem equivalente. Pois ele é o único a reconhecer, na ferocidade do desejo, almejando arrancar dos seres e das coisas o segredo de sua coerência sensível, a própria origem da poesia:

> Marcueil descobriu, levantando as pálpebras delicadamente, que nunca tinha visto a cor dos olhos da amante. Eram escuros a ponto de desafiar qualquer cor, como folhas mortas, tão pardas no fundo dos fossos límpidos de Lurance; e dir-se-ia que eram dois poços no crânio, perfurados pela alegria de ver o lado de dentro através da cabeleira.

A consequência disso é que essa reinvenção do amor estabelece, organicamente, o que liga poesia e revolta, revelando uma essência do amor tão obscura quanto perigosa.

À revoltante banalidade do amor tal como é praticado, Jarry opõe a revolta absoluta do amor com o qual ele sonha. Por isso não é de modo algum fortuito que, completamente transtornados por essa "força capaz de renovar ou de destruir o mundo", aqueles que tinham sido seus testemunhos objetivos, doutor, engenheiro e químico, vão imediatamente se unir para construir uma máquina neutralizante, a Máquina para Inspirar Amor, em princípio capaz de se opor ao "homem que zombava das máquinas".

A esse respeito, O Supermacho é realmente o "romance moderno" anunciado no subtítulo. Pois a concepção dessa "máquina destinada a influenciar forças até aquele dia consideradas inacessíveis" parece ter sido tão precisa que nós lhe devemos a famosa liberdade sexual da qual estamos convencidos de nos beneficiar. Será que não é à mesma coalizão do doutor, do engenheiro e do químico, trabalhando sempre, como Jarry situou em 1902, "para salvaguardar a ciência, a medicina e a humanidade burguesas", que nós devemos a atual mercantilização do desejo, sob todas as suas formas?

Na verdade, não contamos mais as réplicas, grandes ou pequenas, fixas ou móveis, dessa máquina concebida para controlar forças consideradas incontroláveis. Elas têm a mesma visada que aquela construída para contrariar o Supermacho no objetivo, estipulado ainda por Jarry, "para o necessário retorno ao equilíbrio do mundo".

Pois não é por amar como uma máquina, mas por não amar como uma máquina social que o Supermacho é condenado pelos poderes estabelecidos. Um século depois, na realidade, nada mudou. Tudo só se agravou consideravelmente.

E ali está ele, o imprescritível escândalo de Jarry, de ter encontrado no aspecto incontrolável do amor a crítica mais radical de um desejo sempre ameaçado de ser subjugado. Sobretudo através de sua satisfação imediata, tal como, todos os dias, nosso mundo nos dá exemplos lamentáveis.

É verdade que Jarry aposta todas as fichas no improvável amor de Ellen e do Supermacho. Mas ele o faz com conhecimento de causa. Com todo o conhecimento de Ubu, com todo o conhecimento dessa massa de pulsões obscenas e criminosas que ele vê, desde a infância, se agitar na marionete humana. Pois se Ubu é tão enorme, é porque, de saída, Jarry soube que nunca extinguiremos essa criminalidade. Alguns anos mais tarde, ele descobre que a vida amorosa é a outra cena onde essa mesma criminalidade dispõe de todas as máscaras. E sua extraordinária coragem, no sentido em que Hölderlin fala de coragem da poesia, não está em procurar reduzi-la, e sim em utilizar sua terrível energia para passar à frente de nosso enigma e desviá-lo rumo ao desconhecido do amor.

Coragem da poesia, coragem do amor, como a louca possibilidade do impossível, como a louca solução imaginária do amor, mas, entretanto, a única suscetível de dar corpo à insaciável sede de absoluto que nos obceca.

"Será possível?" – são essas, na verdade, as únicas palavras de amor trocadas entre Ellen e o Supermacho no momento em que se abraçam pela primeira vez. Pois, afinal, essa é a única questão que importa.

[[[[[[[[[[[[[[[[[[[[[[[[[[[[[[[[[[[[Versão especialmente feita para esta edição brasileira, a partir do longo ensaio "Comme c'est petit un éléphant", posfácio à edição de *Le Sûrmale*, publicada por Jean Jacques Pauvert, 1990. Tradução de Eloisa Araújo Ribeiro]]]]]]]]]]]]]]]]]]]]]]]]]]]]]]]]]]

A divindade do riso ////////////////////////// Giorgio Agamben

Confrontado com a experiência do riso, o homem pode furtar-se àquilo que nela há de mais inquietante, transformando-a em problema psicológico: para isso, é suficiente que ele não ria mais, a fim de se interrogar sobre o riso. A partir desse momento, o riso se torna um objeto que o pensamento mede segundo a própria verdade. Mas se, inversamente, o homem que ri reconhecer no riso seu destino único, se aceitar fazer dele uma experiência absoluta; ou se simplesmente se der conta de não poder contê-lo, até o ponto de não ser outra coisa senão o próprio riso, o chacoalhar de ossos e de músculos, como uma "bofetada de absoluto" que o atinge à revelia; então ele se vê empenhado numa experiência mortal, e a pergunta que o pensamento desfigurado pelo riso agora se põe é: "Pode alguém morrer de rir? Rir infinitamente?".

Sobre o homem normal, que suspendeu o riso, o homem que ri goza de uma superioridade que, por sua vez, se converte em motivo de riso; na experiência do riso, ele se descobriu ilimitado e ilimitável, e, na medida em que, abrindo-se ao ilimitado, transcende a si incessantemente, o insolente questionamento de todo o possível, com o qual o riso havia começado, se inverte na aceitação de todo o real, na vontade que diz soberanamente "sim" porque não há mais nada a negar. Neste ponto, como uma esponja passada no horizonte do destino humano, o riso abole os deuses e revela ao homem sua solidão absoluta. E, se agora o homem tentar colher sua condição para fixá-la numa máscara, perceberá que está vivendo um sonho do qual teme despertar como deus.

Jarry é, antes de tudo, essa experiência da divindade do riso, do homem que, no riso, transcende a si mesmo numa infinita e mortal proximidade com o divino. Por isso, nenhuma seriedade tem o rigor de suas brincadeiras. Por isso, nenhum riso nunca esteve tão próximo do terror quanto o riso patafísico, que, como dizia René Daumal, é "a única expressão humana do desespero". Talvez, antes de Jarry, apenas Nietzsche tenha conhecido algo similar, o riso alciônico que pôs nos lábios de Dioniso, esse deus sem pudor; e Dostoiévski, que o fez ressoar por um instante no esgar de possuído de Kiríllov minutos antes de disparar contra si para se tornar deus; e esse era, talvez, o mesmo riso do Melmoth de Maturin, de quem Baudelaire dizia que "saiu das condições fundamentais da vida" e que "seus órgãos não suportam mais seu pensamento".

O ponto de partida de Jarry está no próprio destino do homem ocidental. O espaço de sua *raillerie*, de sua zombaria, é a História em que esse destino, ao se perder, mede-se sob o ângulo de um sucesso abissal. E seu riso começa precisamente com a impossibilidade de distinguir se esse sucesso não é, ao contrário, um fracasso clamoroso.

O homem ocidental chegou a um ponto de sua viagem em que o tempo da história parece já conhecer sua meia-noite, tendo-se ultrapassado uma linha para além da qual somente o imprevisível está à espera. Este momento é aquele em que se cumpre o evento "cuja grandeza é demasiado grande para que possamos percebê-lo", e do qual Nietzsche diz, na *Gaia ciência*, que "todos os que virão depois pertencerão a uma história mais elevada": a morte de Deus.

O que é do homem e de seu reino? A Terra se torna *planeta* no sentido etimológico da palavra, isto é, *o errante*, o astro que vaga na solidão do vazio planificado pela técnica. O homem se arvora em sua subjetividade, e a consciência de si torna-se a essência e o fundamento de todas as coisas: a vontade que não quer senão a si mesma em cada particular se ergue sobre o trono do mundo sem que nenhuma potência seja capaz de resistir a ela, e o homem, que se prepara para assumir a responsabilidade do Reino da Terra, entra em um crepúsculo no qual os deuses se retraem infinitamente.

Neste ponto se instaura o Terror.

//

O paradoxo do Terror – Jarry bem o sabia – é que ele se inverte numa alegria irrefreável. O que é negado no Terror não é este ou aquele conteúdo, mas a pura ausência de qualquer conteúdo: sua obra é a morte, mas uma morte que "não tem nenhuma dimensão interior, que não realiza nada, porque o que é negado é o ponto vazio de conteúdo, o ponto do Si absolutamente livre. Assim ela é também a morte mais fria e mais rasa, sem maior significado que cortar uma cabeça de couve ou sorver um gole d'água".*

Essa ausência de qualquer conteúdo é, precisamente, a revelação

* G.W.F. Hegel, *Fenomenologia do espírito*, tradução de Paulo Meneses. Petrópolis: Vozes, 1992, vol. II, p. 97.

do riso. O homem que ri é o homem que perdeu seu conteúdo, o homem tornado pura pele, e que sofre por carregar essa pele até o limite extremo da dor e do prazer.

O espaço de Deus está vazio: mas, no riso, outro espaço se abre, e àquele corresponde metafisicamente. Nesse espaço se move a patafísica, essa "ciência daquilo que se sobrepõe à metafísica", que talvez um dia cesse de se apresentar a nós como uma brincadeira desprezível para revelar-se um sinal terrível.

> Assim como o metafísico [escreve René Daumal] introduziu-se nos poros do mundo físico sob as aparências da dialética que corrói os corpos e move as revoluções, agora, pois que "a patafísica está para a metafísica assim como esta está para a física", é preciso preparar-se para o nascimento iminente de uma nova era, para ver surgir em meio às extremas ramificações da matéria uma força nova, o pensamento devorador, ávido e sem respeito por nada, que de ninguém pretende fé nem deve obediência a ninguém, mas de uma evidência própria brutal a despeito de toda lógica, o pensamento do patafísico universal que despertará subitamente em cada homem, arrebentando-lhe os rins com um espirro e rindo, rindo e desventrando a golpes de riso os portacérebros muito tranquilos, e ao diabo os sarcófagos onde estamos acabando de nos civilizar!

O abismo em que a patafísica investe seu fundamento é o anúncio que se lê ao final do penúltimo capítulo do *Doutor Faustroll* (esse Fausto levado ao extremo): "*Homo est Deus*" [O homem é um Deus]. O homem, a mais mortal de todas as criaturas, seria então o Imortal? E esse pensamento abissal – ridículo até no nome – seria a filosofia de um deus? Nietzsche não dissera que "o fato de Dioniso ser um filósofo e, assim, de os deuses se ocuparem também de filosofia, me parece uma novidade não desprovida de perigos..."?

A resposta a essa pergunta é também a resposta à pergunta que este livro põe: quem é André Marcueil? Quem é *le Surmâle*, o Supermacho?

//

Não por acaso um "supermacho" foi escolhido como símbolo dessa impossível mutação do homem. No sexo, o homem se confronta com a mesma potência que atua na técnica, com a mesma e absoluta exigência de soberania que se afirma por meio de uma imensa negação. E, como Supermacho, Marcueil pertence ao tipo humano que surge pela primeira vez no horizonte da cultura ocidental nos romances de Sade. Tendo feito a experiência, no homem, da infinita potência da negação, Sade pensou sua essência soberana a partir da coincidência da maior destruição com a maior afirmação. Buscando um princípio em que essa singular potência do homem encontrasse seu fundamento, ele se defrontou com a ideia que obscuramente ainda preside o destino do Ocidente como irredutível conceito-base de sua ciência: a ideia de Energia.

Assim que o homem se quer integralmente, ou seja, pensa a própria natureza segundo o infinito que a Energia lhe revela nele mesmo, ele sai do horizonte do antigo homem para entrar numa zona onde o humano e o divino se confundem. Sade se dava conta perfeitamente dessa passagem do homem para além do homem: *"Mais vous"*, pergunta Juliette, *"croyez-vous réellement que vous soyez des hommes? [...] Oh, non, quand on les domine avec tant d'energie, il est impossible d'être de leur race. [...] Elle a raison, oui, nous sommes des dieux"* [Mas vocês acreditam realmente que são homens [...] Oh, não, quando se é dominado com tanta energia é impossível ser de sua raça. [...] Ela tem razão, sim, nós somos deuses].

Como os heróis de Sade – como Saint-Fond, Clairwill e o incrível Minski –, Marcueil não é Supermacho apenas por seu excepcional vigor sexual, mas também porque, pela explosão de uma infinita energia, ele faz em si a experiência da morte de Deus e se abandona por um instante ao orgulho irrefreável de ser o primeiro exemplar de uma raça nova, o homem *post deum mortuum* de que fala Kiríllov n'*Os demônios* quando diz: "A história será dividida em duas partes: do gorila até a destruição de Deus, e da destruição de Deus até a transformação física da Terra e do homem". Quando Bathybius entra na sala em que transcorreu a paródica superação dos limites das forças humanas, um tal abismo separa Marcueil daquela "criatura vestida, grisalha e com uma barba simiesca", que ele saúda como um deus saudaria um comum mortal: "Quem é você, ser humano?". E essa soberana integralidade da Energia também está no fundo da paixão de Marcueil pelo infinito numérico, semelhante ao furor que move as personagens de Sade em direção a suas vítimas, como se sua redução a número fosse uma das principais formas da voluptuosidade dos carnífices: *"Rien n'amuse, rien n'échauffe la tête comme le grand nombre"* [Nada diverte, nada excita tanto a cabeça como um grande número].

O homem integral da Energia é o homem-deus da técnica, o homem que, no massacre divino, descobre sua infinitude e pensa coerentemente a própria essência a partir da nova perspectiva que a ausência de deuses lhe revela.

Em sua aspiração a se ocultar para sobreviver, Marcueil seria uma espécie de negativo do Superman da técnica, e, na insolência de seu riso, soaria a antiga pretensão titânica ao poder celestial dos deuses.

Mas a verdade de Marcueil seria *verdadeiramente: Homo est Deus*? Ou não seria mais verdadeiro o contrário, isto é, que, mesmo cumprindo uma experiência titânica, Marcueil faria um sinal na direção oposta àquela para a qual a técnica move insensivelmente o homem e seu mundo?

//

O mito do Super-homem, do homem que supera os limites que lhe foram assinalados pelo deus para usurpar-lhe o poder, sempre acompanhou o destino do Ocidente como uma de suas tentações mais insidiosas. O exórdio grego já o havia prefigurado no assalto ao céu pelos filhos da Terra, os Titãs, incitados por Gaia a derrubar o reino de Zeus a fim de restaurar a Idade do Ouro. Durante toda a Idade Média até o limiar da Idade Moderna, o sonho titânico prosseguiu na aspiração da alquimia (cuja comunhão essencial com a técnica moderna ainda precisa ser indagada) por substituir uma *creatio hominis* [criação do homem] à *creatio dei* [criação de deus]. A morte e a ressurreição do fiel, projetadas simbolicamente numa série de operações materiais, é a Obra por meio da qual o homem, pondo-se como autor de si mesmo, testa a profecia da serpente: *eritis sicut dii* [sereis como deuses]. Nesse sentido, a lenda popular de Fausto interpreta com exatidão a figura do alquimista como *simia dei* [deus macaco].

O mito titânico retorna à luz com a explosão romântica: e o Melmoth de Maturin, a quem um pacto diabólico condena a vagar perenemente no limiar do humano e do sobre-humano, é o duplo infernal do Fausto goethiano, no qual a lenda medieval se alarga num grande esforço de conciliação dos desígnios do Ocidente.

Depois da Primeira Guerra Mundial, o mito do Super-homem entra na cultura de massa com o cinema expressionista: partindo de uma dedução que Sade já fizera, o império do crime é agora o signo da passagem – não mais individual, mas coletiva – do homem para além de si mesmo. O diretor do manicômio no filme de Wiene, sobre quem pesa o imperativo obstinado *du musst Caligari werden!* [você tem que ser Caligari!], e o Mabuse de Lang, que quer instituir sobre a Terra um império do mal, são ambos um símbolo do homem faustiano que se prepara para assumir sua responsabilidade planetária.

Com a aparição do Superman, o mito do Super-homem conhece uma reviravolta essencial, que talvez constitua o único fato interessante – justamente porque involuntário – dessa medíocre invenção da cultura de massa. Até então, a saída do homem dos limites assinalados por deus sempre fora apresentada como uma operação diabólica: a revolta titânica contra a divindade era, aliás, o mal por excelência. A grande novidade de Superman é que seus poderes sobre-humanos são apresentados como um fato moralmente bom e desejável. Nesse sentido, entre Caligari e Superman intercorrem muito mais que os poucos decênios que cronologicamente os separam; no intervalo, Deus morreu definitivamente também para as massas, e a técnica tomou definitivamente para si o cuidado sobre as sortes do homem: não há mais nenhum Deus contra o qual rebelar-se. Superman (e, se os bem-pensantes se dessem conta, esse campeão do bem afinal apareceria como teria aparecido em qualquer outra época: a blasfêmia por excelência) se move no espaço vazio de deuses: esse ingênuo defensor da moral do bem e do mal é, ao contrário, o mais radical dos niilistas. Ele é realmente o Super-homem, o homem que saiu dos limites do humano para ocupar a esfera metafísica de deus.

//

Assim como Superman, Marcueil também saiu dos limites do humano ou, pelo menos, como ele mesmo diz com ironia, das "forças humanas". Mas essa passagem para além do homem realizou-se diferentemente de uma invasão da esfera de deus. Marcueil não é mais o velho homem, mas tampouco o homem-deus. A personagem que, no romance de Jarry, representa a usurpação titânica da técnica é William Elson, o inventor daquele Alimento do Moto Perpétuo que, em seu próprio nome, recorda o velho sonho da construção de uma máquina que, vencendo as leis divinas da matéria, elevasse o homem à categoria rival de criador.

Quanto a Marcueil, se a proximidade com o divino o ameaça, tal destino é sentido mais como uma condenação do que como uma vitória: assim como Kiríllov, ele poderia dizer: "Eu não sou deus senão à força, e sou infeliz porque sou *obrigado* a afirmar o arbítrio". Enquanto os deuses se retraem, Marcueil também cumpre uma reviravolta extrema e atrela seu destino ao da Terra; mas, mesmo apartado dos deuses, ele conserva uma estranha fidelidade a eles. É um traidor, mas um traidor de espécie sagrada. À diferença do homem-deus da técnica, ele sente aquilo que há de simultaneamente tremendo e sórdido na passagem do homem para além do humano, e leva essa consciência até o limite extremo da dor e do desespero; neste momento, como diz Hölderlin, "o homem e o deus se comunicam na forma, de todo esquecida, da infidelidade".

No mito grego, a revolta titânica é domada graças à intervenção de uma figura nem divina, nem humana: Héracles, o semideus. Tal como Héracles, Marcueil se move na terra de ninguém entre os homens e os deuses, e, ao preço desse exílio, sempre beirando o abismo titânico e continuamente o recusando, mantém com os deuses uma relação sagrada. O mundo titânico é aquele de William Elson e de Bathybius, que, ao final, prevalecerão, ao menos aparentemente, sobre o Supermacho, conseguindo articular seu organismo a um gigantesco dínamo destinado a uniformizar sua inexaurível energia para os fins "humanitários" da técnica. E, ao homem-deus da técnica, esse pobre Supermacho da patafísica não poderá opor senão seu cadáver desfigurado com o ferro, seu corpo nu e torturado de homem.

Nessa extrema fidelidade a seu destino, o homem que rindo tomou consciência de sua condição desesperada testemunha a insólita palavra do filósofo que pensou com a mais alta responsabilidade o problema do destino do Ocidente após a morte de deus: "Há, em geral, boas razões para supor que, em muitas coisas, os deuses fariam bem em vir aprender conosco, homens. Nós, homens, nós somos – mais humanos".

[[[[[[[[[[[Texto publicado na primeira edição italiana de *Il Supermaschio*, pela Bompiani, em 1967. Tradução de Maurício Santana Dias]]]]]]]]]]]

Este livro foi originalmente publicado em 1902.

© Ubu Editora, 2016
© tradução Alice Ruiz Schneronk, Aurea Alice Leminski,
Estrela Ruiz Leminski, herdeiras de Paulo Leminski, 1985
© posfácio e notas Annie Le Brun, 2016
© posfácio Giorgio Agamben, 1967
© ilustrações Andrés Sandoval, 2016

Coordenação editorial FLORENCIA FERRARI
Revisão da tradução MARIA EMÍLIA BENDER
Revisão MARIANA DELFINI
Assistente editorial MARIANA SCHILLER
Design ELAINE RAMOS
Assistente de design LIVIA TAKEMURA
Produção gráfica ALINE VALLI

A Ubu agradece a Julian Boal pela troca de ideias.

Nesta edição, respeitou-se o novo Acordo Ortográfico da Língua Portuguesa.

Dados Internacionais de Catalogação na Publicação (CIP)

Jarry, Alfred [1873-1907]
    O Supermacho – romance moderno: Alfred Jarry
    Título original: *Le Sûrmale*
    Tradução: Paulo Leminski
    Posfácios: Annie Le Brun, Giorgio Agamben
    Ilustrações: Andrés Sandoval
    São Paulo: Ubu Editora, 2016
    176 pp., 26 ils.

ISBN 978-85-92886-11-0

1. Literatura francesa 2. Romance francês do século XX
I. Leminski, Paulo II. Agamben, Giorgio III. Le Brun, Annie

                                              CDD 843

Índices para catálogo sistemático:
1. Romance francês

UBU EDITORA
Largo do Arouche, 161 sobreloja 2
01219-011 São Paulo SP
[11] 3331 2275
ubueditora.com.br